FABULOUS, TX

MICHELLE MONÁRREZ

MICHELLE MONÁRREZ

Para mis padres, Carlos y Hortensia

OTRO DÍA DE VERANO

OTRO DÍA DE VERANO

UNO

Otro día de verano transcurre lentamente, con un calor tan intenso que ni las moscas tienen ganas de fastidiar con sus incesantes zumbidos. Al menos en 100 kilómetros a la redonda, la gasolinera de Jim es el único lugar relevante entre el desierto vacío de Texas y la civilización, pues tanto Van Horn como Fabulous están demasiado lejos como para que alguien pase por allí y decida no echar gasolina. Aun así, este seco verano está resultando ser la temporada más lenta que ha visto su negocio, durante toda la semana, sus únicos clientes han sido camioneros sudorosos que necesitan gasolina e ir al baño. Nadie más quiere viajar con este calor de julio.

La caja registradora abre su cajón. Un *Big Gulp*, un hot dog de a dólar con queso y un *Moon Pie* son la primera venta de la semana.

—Tres cincuenta. —Jim se seca el sudor de la frente con un viejo pañuelo antes de tomar el arrugado billete de cinco dólares del trailero gruñón frente a su mostrador.

Para cuando le entrega al hombre su cambio, el sudor ya ha vuelto a su rostro.

Un suspiro se atora en su pecho, más días como éste y tendrá que decirle a Johnny, su ayudante, que no venga la próxima semana. Le paga al chico el salario mínimo —tres dólares por hora, ni más ni menos, que el chico ya ha gastado en un lujoso walkman nuevo— para que friegue el suelo, limpie el baño y cuide la caja registradora cada vez que Jim necesita un descanso. Sin clientes, será difícil pagar las cuentas y aún más difícil pagarle a Johnny.

Mientras Jim desea que el almuerzo del camionero no se convierta en su única venta del día, un barullo afuera llama su atención. Es una chica riendo, quizás.

Jim intercambia una rápida mirada con el trailero, es raro escuchar alguna señal de vida tan lejos de la civilización, tan raro como para no investigarla.

—¡Johnny! Cuida la caja, ¿quieres? —Seguido por el trailero, Jim sale a investigar.

El calor de afuera le quita el aliento y la luz blanca del sol le lastima los ojos mientras contempla el paisaje. Las ondas de calor vibran sobre el agrietado pavimento de la I-10, haciendo que la autopista parezca un río de aguas claras que conduce al imponente monumento que es la montaña Chispa. Mojando sus labios agrietados, Jim se tapa los ojos con su mano y busca el origen de la conmoción.

Un grupo de tres, no, cuatro adolescentes cojea hacia ellos. Tres chicas sostienen a un chico, como si lo ayudaran a caminar. Jim entrecierra los ojos, tratando de distinguir de dónde vienen. Tal vez su coche se averió y vienen por gasolina, podría haber habido un accidente y estos chicos necesitan ayuda, pero Jim ha perdido toda capacidad de movimiento y la duda lo congela en su lugar: todos llevan lo que parecen camisones y caminan descalzos sobre la abrasadora carretera, ¿es una broma?

—¿Qué demonios...? —susurra el trailero junto a Jim.

Una de las chicas, la de piel morena y la única vestida con un camisón color menta, los divisa, agita su mano libre en el aire y grita algo. Jim no puede entender lo que dice.

Un sudor frío le recorre la espalda, algo anda mal. Consigue dar un paso inseguro hacia delante, cayendo en cuenta que ha esperado demasiado para hacer algo.

Los adolescentes miran por encima de sus hombros e intentan acelerar el paso. Todos gritan ahora, y Jim finalmente entiende lo que dicen: "Ayúdenos. Ayúdenos, por favor."

Un fuerte estruendo rompe el seco silencio del desierto.

—¡Jesús, María y José! —El hombre parado al lado de Jim deja caer su *Big Gulp*.

A Jim le da un vuelco el corazón y se da cuenta a medias del *Big Gulp* rojo brillante que cayó sobre sus escalones. Por un instante pasan por su mente pensamientos de moscas y abejas zumbando sobre la mancha pegajosa pero su atención es arrebatada por una camioneta Chevy negra que viene a toda velocidad desde algún lugar del desierto. No tiene tiempo de pensar en el camionero que se precipita hacia su tráiler buscando refugio, buscando escaparse. Jim está demasiado ocupado reconociendo otra serie de fuertes estallidos procedentes de la camioneta: disparos.

Sus viejas piernas entran en acción.

El timbre de la puerta suena al Jim entrar apresurado.

—¡Johnny! Llama a la Comisaría de Fabulous. —Jim estira el brazo para buscar algo tras el mostrador—. Quédate adentro, y si pasa algo, quiero que te escondas en el refrigerador de la cerveza, ¿oíste?

Con los ojos saltones, Johnny levanta el teléfono del recibidor colgado en la pared.

—¿Qué pasa?

Jim saca su escopeta y una caja de municiones.

—Alguien está disparándole a unos chicos.

Afuera, la camioneta alcanza la autopista y sus llantas rechinan al hacer contacto con el asfalto. Dejando una estela de polvo tras ella, conduce como demonio salido del infierno contra los chicos.

Se escuchan más disparos a lo largo de la I-10.

—¡Maldita sea! —A Jim se le resbalan las municiones entre sus dedos sudorosos mientras mira la escena. Tal vez sea la conmoción o el sol en sus ojos, pero podría jurar que las balas rebotan lejos de los adolescentes, como si estuvieran dentro de una burbuja. Jim sacude la cabeza y lo atribuye a otro espejismo.

Con manos temblorosas, intenta cargar su escopeta, ¿cuándo fue la última vez que tuvo que usarla? Hace unos meses hizo un único disparo a la noche, para ahuyentar a los coyotes antes de llevar a Johnny a su casa. ¿Cuándo había disparado a algo tan lejos? Nunca.

—Oh, mierda. ¡Mierda! —Las balas se le escapan de

las manos y caen al suelo. Hace lo que puede para recuperarlas.

Echa un vistazo rápido a los sucesos frente a él, la camioneta alcanzó a sus objetivos y dos hombres con trajes negros descienden de ella y apuntan con sus armas a los niños.

—¡Suban! —grita uno de los hombres lo suficientemente alto como para que Jim lo oiga.

Aunque las náuseas se le atoran en la garganta, ignorando el sudor que le cae de la frente a los ojos, Jim consigue cargar la escopeta.

—¡Oye! ¡Déjalos en paz! —Su escopeta cruje al bombear la munición a la cámara.

Ante su puntería temblorosa, Jim es testigo de cómo la chica de la bata menta se pone delante de los otros tres chicos y sostiene una mano frente a ella. El movimiento es rígido, como una declaración: "Basta", indica.

Dos disparos certeros retumban por el desierto texano. El ruido sordo de un cuerpo contra el asfalto caliente llega hasta Jim, el grito agudo de una chica le llena de temor y suelta el arma justo cuando el corazón se le cae a los pies. Nunca habría atinado ese tiro.

La camioneta negra se aleja a toda velocidad, llevándose a los tres adolescentes restantes.

Jim se sienta en los escalones de su gasolinera, manchándose los shorts de jarabe rojo del *Big Gulp*. Un gran peso cae sobre sus hombros. Busca y encuentra de nuevo su voz, y llama a Johnny.

—¿Dónde diablos están los oficiales del sheriff? ¿Les

llamaste? —pregunta Jim cuando el chico se asoma por detrás de la puerta de cristal.

—Les llamé, Jim. —La voz de Johnny le llega, débil y distante—. Por Dios, ¿está muerta?

Una brisa recorre la carretera. Jim levanta la mirada para ver a la chica en el suelo, como si necesitara confirmar lo que ya sabe. Pero un movimiento atrapa su atención y se levanta, ¿es esa la chica que se mueve? ¿O ha sido solo la brisa repentina levantando su camisón verde menta?

Jim se precipita hacia ella.

—Llama a una ambulancia.

ANITA, ESTÁS SOÑANDO

UNO

UN RADIO Y UN SOMBRERO DE SHERIFF DESCANSAN SOBRE LA
mesa en lugar de un compañero de almuerzo. Anita
Padmore se sienta en su lugar favorito del *Fabulous Cup
Diner*. Ese asiento ha visto como se desenvuelven los
momentos más importantes de la vida de Anita; mientras crecía en Fabulous, se sentaba allí y contemplaba la
ciudad como parte de su ritual para tomar decisiones
importantes. Allí decidió participar en el concurso de
declamación de la primaria a pesar de ser la nueva del
pueblo y de tener un evidente acento mexicano. En la
secundaria dejó el equipo de atletismo para unirse al
club de carpintería. Después de una larga sesión de
mirar por la ventana, rompió con Robert, su novio de la
preparatoria, cuando quedó claro que él se estaba preparando para sentar cabeza y formar una familia mientras
que ella solo pensaba en una carrera con las fuerzas policiacas. Doce años después de esa última gran decisión,
Anita vuelve a sentarse en esa mesa frente a la misma

ventana, tratando de decidir si quedarse en la Comisaría de Fabulous o trasladarse al Departamento de Policía de Fort Worth.

Con el sol de la tarde brillando sobre la región, el pueblo agrícola de Fabulous se encuentra en medio del desierto, a unos 30 kilómetros de la I-10 y a más de 30 minutos de la montaña Chispa. Este pueblo tuvo fama de producir las mejores cosechas que Texas tenía para ofrecer durante casi un siglo. La gente decía que el agua bajo Fabulous hacía que su algodón fuera prolífico y sus cebollas grandes y dulces, pero esa misma agua que le dio su fama comenzó a secarse verano tras verano. Con cada onza de agua perdida, el pueblo va perdiendo el brillo que le ganó su nombre. Su gente se va.

Y ahora Anita está pensando en irse también.

—Anita, estás soñando... —una voz familiar canta desde el fondo de la cafetería— con un mundo que nunca podrá existir.

Después de rodar sus ojos, Anita gira para encontrar a un par de oficiales levantándose de su mesa. La voz cantora pertenece a Monty Carey, un compañero que a menudo se cree más gracioso de lo que realmente es.

—Anita, se acabó. Ya no hay más que decir. —Monty aprieta su sombrero de sheriff contra el pecho, imitando la suave voz del cantante de country Waylon Jennings—. Anita, estás soñando, y sé que es mejor así.

El rostro de Anita se endurece de manera practicada, cruza los brazos sobre el pecho y levanta una sola ceja, dejando claro que nadie le aplaudirá a Monty su espectáculo.

Monty se aclara la garganta desviando la mirada, se pone de nuevo su sombrero y lo inclina hacia ella.

—Oficial Padmore.

El amigo de Monty se ríe y le da unas palmaditas en la espalda antes de pasar junto a él.

—Vámonos, Dirty Harry.

Con la mirada, Anita los sigue hasta que llegan a su patrulla estacionada afuera, junto a la suya. Monty siempre se ha hecho el gracioso frente a ella, podía ser divertido e incluso dulce cuando quería pero desde que ella anunció sus planes de traslado, sus bromas se volvieron agrias y denigrantes. El resto del departamento siguió su ejemplo.

"Padmore es demasiado buena para Fabulous."

"Esa Anita vino de la gran ciudad, y no puede esperar a volver."

Lo ha oído todo, junto con los comentarios más desagradables que los oficiales intercambian cuando creen que ella no está escuchando.

Anita vuelve su atención a sus formularios de traslado. El proceso es sencillo, solo tiene que rellenarlos y entregarlos en la oficina de correo, eso le garantiza una segunda entrevista con el departamento de Fort Worth el fin de semana, la que su capitán le aseguró que es una mera formalidad. La Policía de Fort Worth no se da abasto, su ciudad se expande hacia el norte y con el crecimiento siempre llegan los problemas. Mientras la Comisaría de Fabulous se ocupa de borrachos, disputas domésticas y los poco comunes actos de vandalismo, Fort Worth va por un aumento a dos dígitos de actividad delictiva. Con una dosis extra de robos menores y violencia armada, sin mencionar los veintitrés casos de asesinato sin resolver desde el año pasado, a la Policía de Fort Worth le vendría bien toda la ayuda que pueda conseguir.

Con su mirada fija sobre el renglón vacío tras la leyenda "Firma del solicitante", Anita hace las cuentas. Si deja su documentación en el correo hoy, se iría de Fabulous a final de mes.

Anita mastica la tapa de su bolígrafo, ¿es realmente lo que quiere? Piensa en todos esos rumores que corren por la comisaría y que no pueden estar más lejos de la realidad.

Anita no quiere irse de Fabulous.

Si supiera que existe la posibilidad de llegar a ser Sheriff algún día, se quedaría. Incluso si pudiera ser más que una simple oficial, se quedaría, pero eso es imposible: hay muchas cosas que la convierten en una forastera. No nació en Fabulous, así que nunca podrá ser una de ellos, y el hecho de ser la única mujer en el Departamento incomoda a los habitantes más conservadores. También está el trabajo de su madre como maestra de primaria, todo el mundo sabe que su madre se apellida Guerrero. El pueblo nunca votaría por ella, Fort Worth le ofrece mejores oportunidades.

Anita suspira y vuelve a su formulario y al renglón vacío de la firma. Aunque se vaya, su corazón siempre pertenecerá a Fabulous.

El chirrido de su radio interrumpe sus pensamientos.

—10-35, Padmore. Repórtese.

Anita se levanta de su mesa con un salto, tomando su radio y sombrero. Hay un crimen en proceso.

—Padmore. Cambio.

—Hubo un tiroteo en una gasolinera junto a la carretera, I-10 y 90. Los sospechosos huyeron de la escena.

Esa gasolinera está a quince minutos si se va inmediatamente.

—10-4, Central. En camino ahora.

Anita sale del *Fabulous Cup Dinner*, dejando su papeleo de traslado atrás.

DOS

KILÓMETROS DE CARRETERA VACÍA SE PRECIPITAN ANTE SUS ojos, un espejismo rojo y blanco se dirige hacia ella, el alarido de una ambulancia responde al sonido estridente de las sirenas de su patrulla, como la señal de socorro de un barco de vela al encontrarse con otro en alta mar. La tensión se apodera de los hombros de Anita cuando la ambulancia pasa a toda velocidad junto a ella, dirigiéndose de nuevo a Fabulous. Central no mencionó que hubiera víctimas durante el tiroteo.

Un edificio solitario se hace visible cuando se acerca a la escena, Anita conoce bien la gasolinera y a Jim, el propietario. La gasolinera ha sido la primera parada de sus viajes familiares anuales a El Paso durante décadas, y suele discutir amigablemente con Jim cada vez que lo ve en la ciudad. Un feo pensamiento ronda en su cabeza, espera que no sea el viejo Jim que va en la parte trasera de la ambulancia.

Anita estaciona su patrulla cerca de la gasolinera, saca

las llaves y las guarda bajo el parasol antes de bajar. El sol de mediodía todavía está en lo alto del cielo, su sombrero de sheriff y gafas de sol apenas la protegen de la intensa luz blanca que se refleja contra la carretera. Un calor seco le quema la espalda apenas llega al lugar.

Jim's Gas-N-Go se ve igual que siempre, con sus dos modestas bombas de gasolina y su teléfono público junto a un gran letrero casero en el que se lee "Cerveza", pero hoy hay algo irreconocible en la gasolinera. Una quietud asfixiante acecha en el desierto circundante y ahorca la estación cual nudo al cuello. Es esa sombría quietud la que hace que el lugar sea tan diferente.

Jim Foster está sentado en los escalones de su negocio, con el ceño fruncido y una escopeta a sus pies. Una mancha pegajosa de jarabe rojo brillante gotea de un vaso de poliestireno por esos mismos escalones, pero a Jim no parece importarle sentarse en ella. Su mirada está perdida en algún lugar con tanta concentración que ignora por completo la presencia de Anita.

Anita supera el alivio de verlo aquí y no en el hospital, y mantiene la vista en el arma. Es una vieja Browning Citori: pesada, de doble cañón, hecha a mano, con un par de patos grabados en una placa de plata montada. El disparo podría haber sido el resultado de un robo que salió mal, ¿Jim disparó esa arma en defensa propia?

—Hola, Jim. —Su voz sale suave y uniforme.

Jim levanta la vista y se protege los ojos de la luz del sol con la mano.

—Anita... —El susurro que sale de sus labios es seco y

callado—. Le dije a Johnny que llamara a la estación. ¿Por qué has tardado tanto?

Anita sabe que la central se tomó su tiempo para asignarle la llamada, probablemente buscaron primero entre otros oficiales y, cuando no estaban disponibles, recurrieron a su último recurso: la traidora que estaba a punto de ser trasladada fuera de la ciudad a otro departamento policiaco.

—Ya estoy aquí. —Le ofrece una pequeña sonrisa, una disculpa por la mezquindad de su departamento—. ¿Qué tienes ahí, Jim?

Él mira la escopeta como si acabara de recordarla.

—¿Esto? Les estaban disparando. Intenté ayudar, pero... —sacude la cabeza— soy un terrible tirador.

—¿Quién estaba disparando?

¿Qué ha pasado aquí? Cuando Anita vio por primera vez la escopeta, su mente se llenó de posibles escenas del crimen y de caminos para resolverlas. Pero ella nunca podría haber imaginado lo que Jim había dicho que sucedió. Cuatro chicos caminaban hacia el Gas-N-Go cuando una Chevy negra salió de la nada y les disparó. Dos hombres bajaron del vehículo, dispararon a una de las víctimas y se llevaron a los tres restantes.

Anita se agacha sobre el pavimento agrietado de la I-10. Jim identificó a la víctima herida como una joven de pelo corto y negro, de aproximadamente 1.70 metros, que llevaba una bata color menta, dos grandes manchas rojas marcan el lugar donde cayó tras recibir los disparos, Anita ve varias balas doradas en el suelo que rodea la escena. Inclina la cabeza, parecen balas de 9 mm, pero no hay mucho más que decir sobre ellas a primera vista. Las puntas están dobladas y sus cuerpos aplastados, lo que las hace parecer capullos metálicos de caléndulas.

Salieron disparadas de una semiautomática e impactaron en algo, pero ¿en qué?

Anita levanta la mirada y escudriña el vasto paisaje que tiene delante. Dos hombres se fueron con tres niños asustados en un vehículo sin matrícula, Jim estaba demasiado lejos para darle una descripción precisa de las víctimas o de los agresores y la única víctima que podría arrojar algo de luz sobre lo que está ocurriendo está herida, posiblemente luchando por su vida en el pequeño hospital del pueblo.

Una bola dura y fría se instala en sus entrañas cuando echa otro vistazo a la sangre que mancha la carretera. Hay pruebas que procesar y ninguna pista real.

Si su único testigo muere, será necesaria una autopsia. Entonces cae en cuenta: este caso es demasiado grande para la Comisaría de Fabulous, no tienen una unidad de crímenes para recoger y procesar pruebas, su personal es demasiado reducido como para peinar el perímetro, si fuera necesaria una autopsia, el pueblo recurriría al médico local, que no podría darles la misma información que un especialista forense. Tendrá que entregar su caso a la Policía estatal.

Un suspiro se acumula en su pecho, los Rangers tardarían un par de horas en llegar a Fabulous desde Van Horn, pero les llevaría más tiempo procesar su petición, ¿quién sabe dónde estarán los sospechosos para entonces?

Se levanta y coge la radio que tiene al hombro.

—Central 10-82, aquí Padmore.

—Central, cambio.

—Conéctame con el Departamento de Policía del Estado. Necesitamos una unidad criminal aquí.

Solo estática responde por un momento, y Anita casi puede ver la expresión de asombro en la cara del oficial de la central.

—10-4, llamando al Estado.

Anita se estira el cuello al oír que la transmisión se detiene, tal vez todo este escenario era demasiado grande para su comisaría, pero hasta que los Rangers lleguen a Fabulous, este sigue siendo su caso para trabajar. Su siguiente parada es el hospital de la ciudad.

TRES

EL OLOR DE PISOS SANITIZADOS LE RASPA LA GARGANTA. Anita se recarga junto a una ventana en la sala de espera del hospital, el café de a dólar que compró en la cafetería hace dos horas permanece en su mano sin terminar. Afuera, otro atardecer cae sobre Fabulous, tiñendo el cielo de ricos colores que van desde el naranja cremoso hasta un intenso rojo carmesí. Han pasado seis horas desde que abandonó la escena fuera del *Gas-N-Go* y durante todo este tiempo, su testigo ha estado luchando por su vida en el hospital local.

—¿Anita? —Una voz la llama a sus espaldas. Kelly Johnson se encuentra afuera de la modesta sala de urgencias del hospital, a pesar del vestido de enfermera y de la cofia blanca que le sujeta el pelo rubio esponjado al estilo de Lady Di, Kelly sigue teniendo el mismo aspecto que en la preparatoria—. ¿Sigues aquí?

—Sigo aquí. —Anita dice con un movimiento de cabeza—. ¿Cómo está?

Hay un brillo de cansancio en los ojos de Kelly.

—Al fin está estable. —Frunce el ceño, resignada—. Pero no creo que despierte para hablar contigo hoy. Necesita descansar.

Anita deja una profunda exhalación escapar mientras se lleva una mano al pecho, la tela marrón ceniza de su uniforme de sheriff arrugándose bajo sus dedos.

—Está bien. Esperaré.

—Hm, ¿y ya comiste?

Anita le responde con un breve encogimiento de hombros.

—Tomé un poco de café.

Kelly tuerce los labios antes de caminar hacia la estación de enfermería, haciéndole señas para que se acerque. Anita se acerca con una sonrisa burlona mientras Kelly rebusca en su bolso. En algún lugar, detrás de su estricta fachada de profesional de la salud y de las cansadas bolsas bajo sus ojos azul celeste, Anita aún encuentra destellos de aquella chica que guardaba todos sus secretos de la infancia y a quien le robaba el brillo labial antes de las prácticas de porristas, su mejor amiga.

—Toma. —Kelly saca un pastelillo de chocolate horneado de su bolso—. No es exactamente saludable, pero necesitas algo más que el asqueroso café de la cafetería.

Anita entrecierra los ojos, tomando el pastelillo.

—El café no es tan malo.

—Oh, cariño, es asqueroso. —Kelly subraya la última palabra con una pizca extra de su acento del oeste texano.

Con una risa, Anita abre el postre. La masa pegajosa y

el dulce de chocolate hacen que se le haga agua la boca, subestimó lo hambrienta que realmente está.

Kelly se apoya con los dos codos sobre el escritorio de la estación de enfermería, con la cara entre las palmas.

—No hay señales del Estado todavía, ¿eh?

—Ninguna. —Seis horas y la Policía Estatal ni siquiera ha intentado contactar al Departamento de Sheriff. Una sonrisa seca recorre sus labios—. No quería irme hasta que llegaran aquí.

Kelly levanta una ceja.

—¿De verdad es por eso?

Con otro bocado del pastel azucarado, Anita se toma un segundo para reflexionar. Su amiga la conoce bien, si se tratara de cualquier otro caso, habría ido a la comisaría a trabajar hasta que el hospital la llamara para ponerla al día sobre el testigo, pero las balas impactadas por toda la carretera y la mirada de Jim cuando lo entrevistó, eso lo cambió todo. Hasta que el Estado se digne a aparecer y a ocuparse de la situación, este terrible caso sigue siendo suyo. Esa chica en la sala de emergencias sigue siendo su testigo.

—No quería dejarla sola.

—Entiendo, cariño. —La voz de Kelly baja a un suave susurro—. Esa chica tiene suerte de estar viva.

El envoltorio del pastel de chocolate se arruga en la mano de Anita al aplanarlo con los dedos.

—¿Qué crees que le pasó? —Un pesado suspiro se clava en su pecho—. Antes de que le dispararan en la carretera, quiero decir.

El rostro de Kelly se endurece.

—¿Quién sabe? Está arañada... tiene moretones y quemaduras por todo el cuerpo. Cosas horribles.

Un silencio absoluto se instala entre ellas. A pesar del calor seco que se filtra del exterior, un escalofrío inunda a Anita, sus pensamientos nadan hacia las otras tres víctimas que Jim mencionó y delitos como secuestro y trata de personas vibran en el fondo de su mente. Anita intenta imaginarse a un grupo de adolescentes, los ve en su mente: caminando solos desde algún lugar en medio de la nada, bajo el sol abrasador, gritando por ayuda. La extrañeza y el horror de esa imagen mental la hacen fruncir el ceño.

—Oye —dice, mirando de nuevo a Kelly—, ¿qué llevaba la víctima cuando la trajeron? En el Gas-N-Go me dijeron que traía puesto un camisón.

—¿Un qué? —Kelly se endereza y sacude la cabeza—. Era una bata de hospital.

—¿Qué?

—Es como las que reciben los pacientes para estancias prolongadas. La guardamos en una bolsa de riesgo para cuando el Estado venga a ver a la niña. —Busca en sus bolsillos y saca un juego de llaves—. ¿Quieres ver?

Kelly la guía por los pequeños pasillos del hospital hasta llegar a una diminuta sala desinfectada. En las paredes hay armarios llenos de tubos de ensayo, agujas y otros suministros médicos. Formularios y bolígrafos descansan sobre un pequeño escritorio y una única silla de oficina, prueba de que Kelly y sus compañeras utilizan esta sala como su despacho de enfermería. En el extremo izquierdo de la habitación, un pequeño paquete espera encima de un carro de servicio, envuelto en una bolsa amarilla de seguridad.

—Toma. —Kelly le ofrece un par de guantes de látex.

Con el olor a látex todavía en la nariz, Anita mete la mano en la bolsa de seguridad, saca una bata y la examina más allá de la suciedad y las horribles manchas de sangre, ahora secas y apelmazadas en un oscuro lío carmesí. La prenda no promete un ajuste cómodo, y le falta el encaje decorativo de un camisón de noche. La tela es ligera y áspera, su suave color verde le hace pensar en helado de pistacho, y el patrón impreso en verde oscuro de diminutos tréboles pretenden distraer de su propósito. Anita la reconoce como lo que es: una bata de hospital de uso médico como dijo Kelly. Es algo que encontraría en un hospital infantil.

Anita hace una mueca. Su mente se llena de más preguntas sin respuesta. ¿Qué estaban pasando sus víctimas?

—Bastante extraño, ¿verdad? —Kelly habla como si pudiera escuchar los pensamientos de Anita.

—No puedes decírselo a nadie. —Anita aprieta los labios, sabiendo que no debía compartir los detalles del caso con alguien ajeno al cuerpo policiaco, pero Kelly es la mejor confidente que conoce. Además, su testigo estará bajo observación, y Kelly podría ser sus ojos en el hospital —. Había otros tres niños con esa chica. Jim dijo que quien le disparó se los llevó.

—Dios mío. —Kelly se lleva la mano a la boca—. ¿Todos llevaban esto?

—Eso es lo que dijo Jim.

Esos chicos escaparon de quien los tenía detenidos, ¿los estaban transportando? ¿O estaban atrapados en algún lugar en el desierto? Cualquiera de las dos opciones sería difícil de rastrear.

Incluso a través de los guantes, un bulto bajo la tela la hace reflexionar, Anita gira la bata para verla mejor. Justo debajo del dobladillo, con hilo gris, la palabra "Gaby" está bordada al revés.

CUATRO

Una suave brisa sopla sobre Fabulous cuando Anita y Kelly salen del hospital. Se detienen en los escalones de cemento justo antes del modesto estacionamiento, Anita respira profundamente y su nariz se llena del olor seco de la noche. La luna llena se colocó sobre el oscuro cielo nocturno mientras examinaban la bata de Gaby y su fresco resplandor descendió sobre el paisaje, besando la cima de la montaña Chispa con delicados tonos azul cobalto.

—No hay nada como una noche en el desierto, ¿verdad? —pregunta Kelly mientras ella también respira la brisa.

Anita agradece el esfuerzo de su amiga por darle un poco de ligereza después de un largo día.

—Es mi momento favorito del día.

—Pues más vale que lo disfrute mientras pueda, señorita. —Kelly le ofrece una sonrisa triste cuando Anita se vuelve para mirarla—. Las noches en Fort Worth son húmedas y calurosas. No se puede dormir con las ventanas abiertas.

—Todavía no sabemos si me voy. —Anita le devuelve la sonrisa.

—Sí, lo sabemos. Estarían locos si no te aceptan.

—Gracias, corazón. —Anita deja escapar un profundo suspiro. Una risa seca burbujea dentro de ella al recordar su papeleo pendiente, dejó sus formularios de traslado en el Fabulous Cup. Con suerte, Clarice o alguna de las otras camareras se los guardaron—. No lo sabremos hasta que envíe mis documentos.

Kelly ladea la cabeza con un único y sonoro chasquido de lengua.

—¿No los has enviado?

Uh-oh.

—Iba a hacerlo esta tarde... ¡Ay!

Kelly golpea el brazo de Anita con el dorso de la mano, medio jugando, medio molesta con ella.

—¡Padmore! Dijiste que lo harías hoy.

Anita no puede evitar reírse un poco.

—¡Lo sé! Ya había terminado de llenar los papeles y todo eso.

—Hm, será mejor que no te acobardes. Ya hemos hablado de esto.

—No lo haré. Central me llamó antes de poder pasar al correo.

El silencio se instala entre ellas, el tema del caso cayendo como un mazo pesado.

Kelly cierra los ojos.

—¿Vas a ir a la comisaría?

—Sí. Quiero escribir un informe antes de volver a casa. Cuando llegue el Estado, sabrán todo lo que sabemos.

—Eres buena en lo que haces, Padmore. —Kelly le aprieta el hombro. Hay un brillo de orgullo en sus ojos—. Te van a adorar en el norte.

—Gracias, Kel.

—Buenas noches, cariño.

—Buenas noches.

Anita baja los escalones de cemento y se dirige a su patrulla.

—Come algo de verdad antes de irte a la cama, ¿oíste? —grita Kelly antes de subir a su minivan.

A Anita se le escapa una sonrisa. Se despide de su amiga con la mano y la ve alejarse.

El interior de su patrulla es un sauna, el calor de la tarde que pasó en el hospital se acumuló gracias a las ventanas que olvidó bajar. Con un fuerte suspiro, sube al coche y deja la puerta abierta para que la brisa nocturna refresque el interior del vehículo antes de dirigirse a la comisaría.

La noche sopla una gentil brisa, Anita cierra los ojos y echa la cabeza hacia atrás, disfrutando del aire fresco. El peso de su día se asienta sobre sus hombros y envía una punzada ardiente a las plantas de sus pies. La adrenalina de acudir al lugar de los hechos y el estrés de esperar noticias sobre la condición de Gaby habían alejado su mente del dolor que se acumulaba en su cuerpo, pero ahora que se toma un minuto para relajarse, aflora con fuerza.

Su mente vuelve a aquella bata de hospital. La imagen de la tela verde menta salpicada de tréboles baila detrás de sus ojos cerrados. Percibe el olor a polvo y hierro de la sangre seca, a pesar del aroma a hospital desinfectado que le rodea. La textura de las puntadas que deletrean un nombre sobre el dobladillo de la bata aún está fresca en su mente: le produce una punzada en el pecho, como si se hubiera topado con un triste secreto destinado solo para la dueña de la bata.

Una tensión le aprieta las costillas, abre los ojos y se incorpora. Esperaba encontrar algunas respuestas cuando Kelly le sugirió que mirara la bata, pero solo le quedaron más preguntas.

Anita baja el parasol, atrapa las llaves de la patrulla por reflejo y levanta la vista hacia la foto asegurada bajo la tapa del espejo. Un dolor fantasma le recorre el pecho. Su padre, vestido con el uniforme del Departamento de Policía de El Paso, le sonríe desde esa foto amarillenta, velando por ella desde que salió a patrullar por primera vez. Bajo la luz tostada de su patrulla, su padre tiene el mismo aspecto que ella recuerda: lleno de vida, con una sonrisa astuta y una mente rápida. Adán Padmore era buen policía y llegó a ser detective temprano en su carrera. Esta foto debió de ser tomada en su último día como oficial de a pie.

Un recuerdo la alcanza.

Le llega el olor de un domingo por la mañana: menudo, orégano y café de olla. Su padre sentado en la sala con una taza de café, encorvado sobre un rompecabezas nuevo, separaba las piezas dentro de diferentes platos de cerámica.

—Mira mija, esto se llama rompecabezas en español —cargó y sentó a Anita, de siete años, en su regazo.

—¿Por qué se llama así, papi? —Anita miró los montones de piezas agrupadas por colores y tonos.

—Porque son difíciles, y podrías romperte la cabeza intentando resolverlos. —Su padre se golpeó la sien con los nudillos—. ¡Crack! Como un huevo.

Anita soltó una breve risita.

—Pero incluso los rompecabezas más difíciles tienen un método para ser resueltos: hay que ir pieza por pieza. Cada pieza es tan importante como la anterior. —Su padre alargó la mano por encima de su hombro para recoger la última pieza azul con un punto blanco al final, el complemento de lo que debía haber sido el dibujo de un cielo soleado lleno de nubes esponjosas—. Te guían hacia la solución.

—¿Cómo pistas para tus casos?

Su padre sonrió ante eso y ladeó la cabeza antes de responder.

—Sí, como las pistas.

Anita se frota una mano en el pecho, diciéndole a su corazón que es hora de alejarse de ese recuerdo. A su padre le gustaba resolver casos porque eran como grandes rompecabezas, su estrategia para resolverlos era la misma: todas las pruebas, si se ven bajo la luz adecuada, pueden convertirse en una pista. Puede que la bata del hospital le diera más preguntas que respuestas, pero seguía siendo una pieza del caso.

Anita besa dos de sus dedos y los presiona sobre la foto.

—Vámonos, Papi.

CINCO

Dos largas filas de coches acordonan ambos lados de la estación. Ver la estación tan concurrida pasadas las 9 de la noche la toma por sorpresa, ¿será que la Policía Estatal ha llegado finalmente? No, eso no explicaría el volumen de vehículos ni las múltiples matrículas de otros estados, listando lugares tan lejanos como Florida y Washington. Anita estaciona su patrulla y se apresura a subir los escalones que conducen al edificio de ladrillo.

Los olores a cigarro y café recién hecho se mezclan en el aire, personas en trajes llevan cajas llenas hasta el tope de expedientes y registros de un extremo a otro del edificio y todos los escritorios están ocupados. Anita tiene que contener su expresión cuando mira el suyo: dos hombres con corbata han reclamado el escritorio y han extendido un mapa sobre su superficie vieja pero robusta de nogal.

Levantando una ceja, Anita observa la situación: uno de los hombres, un rubio con corbata roja, fuma mientras fija una ubicación en el mapa, qué hábito más desagradable. Anita continúa escudriñando la zona, buscando sus pertenencias. Un jarrito pintado a mano, una foto enmarcada de ella con Mami y Abue el día que se convirtió en oficial de la comisaría, y el resto de las pequeñas chucherías que le gusta guardar en el trabajo han sido arrecholadas en una caja. Su mandíbula se tensa, ¿quiénes son estos extraños y qué derecho tienen sobre su espacio de trabajo? Debería decir algo.

Pero una idea la detiene: la comisaría no suele recibir visitas. El sheriff siempre ha instado a sus oficiales a ser anfitriones amables cuando lo hacen. Probablemente no debería decir nada.

El hombre rubio se endereza, da una larga y última calada a su cigarro, y procede a apagarlo en la esquina del escritorio que Anita ha mantenido en perfecto estado durante ocho años.

—Hijo de la chingada... —Anita se queja en voz baja justo cuando el hombre saca otro cigarro de una cajetilla aplastada.

—Disculpe. —La palabra sale de su boca lo suficientemente alto como para ser escuchada desde el otro lado de la estación. Antes de que se dé cuenta, Anita ya ha cruzado la oficina y se ha plantado frente al rubio, sin importarle ni un poco que sea casi 30 centímetros más alto que ella—. Buenas noches, soy la oficial Padmore, la dueña de este escritorio.

El rubio con el cigarro la mira con la cara de alguien que ha sido sorprendido hablando mal de un colega.

—Si va a fumar, ¿puedo pedirle que utilice un cenicero

en lugar del propio escritorio? Nosotros no tenemos el presupuesto para actualizar nuestro mobiliario a menudo. —Le dedica al rubio una sonrisa de labios apretados con una pizca de sacarina—. Hay un par de ceniceros extras en la sala de descanso.

—¡Padmore! —La voz del sheriff Sal Donner la interrumpe. Maldito sea, ¿cómo sabía que estaba a punto de tragarse vivos a estos extraños en traje?

El sheriff le hace un gesto con la mano para que se reúna con él en su despacho. Antes de dirigirse a él, Anita lanza una última y fulminante mirada al hombre del cigarro: una advertencia para que la próxima vez utilice un cenicero.

—Sé que debemos ser amables con las visitas que recibimos, sheriff. —Anticipándose al sermón, las palabras salen de su boca en cuanto se detiene en el umbral de la oficina privada del Sheriff—. Pero estos payasos en traje también deberían respetar la comisaría que los acoge...

El sheriff Donner se aclara la garganta para silenciarla antes de que pueda seguir con su perorata.

—Padmore, quiero presentarle a alguien. Pase, por favor. —Señala su despacho, con los ojos grandes como platos, advirtiéndole que mantenga la boca cerrada.

El despacho de Sal Donner se encuentra en un rincón discreto de la comisaría. La oficina parece hoy más pequeña entre el archivero de la esquina, el sillón junto a la puerta y el hombre recargado en el escritorio.

Anita se fija a medias en el elegante traje negro y el impecable pantalón abotonado del sujeto. Está más interesada en la placa que lleva en el pecho y en las tres letras azul marino que hay detrás de la lámina: FBI. La angustia se le atora en la boca del estómago.

—Agente, esta es la oficial Padmore. —El sheriff Donner cierra la puerta tras ella—. Es la principal a cargo del tiroteo en la I-10.

El agente del traje oscuro se endereza, de pie es tan solo unos centímetros más alto que ella. Le extiende su mano.

—Oficial Padmore, encantado de conocerla. —Las palabras salen de su boca con la fuerte cadencia de un acento que ella no logra ubicar—. Caio Batista. —Una suave sonrisa recorre sus labios—. Soy uno de esos payasos en traje, pero usted puede llamarme agente Batista.

El calor sube del cuello de Anita a sus mejillas. Le estrecha la mano, obligándose a mirarle a los ojos a pesar de su vergüenza. La cicatriz sobre su ceja izquierda y el suave color oscuro de su piel atrapan su atención por un segundo demasiado largo.

—Agente. —Anita consigue finalmente asentir con la cabeza antes de soltarle la mano.

El sheriff Donner vuelve a aclararse la garganta.

—El agente Batista ha respondido a la llamada que ha hecho al Estado. Al parecer, el tiroteo está relacionado con una investigación en curso.

Anita se toma un tiempo para procesar la situación.

—Así que por eso los Rangers estaban tardando tanto en llegar aquí. —Nunca iban a venir a Fabulous porque el FBI intervino. Se había topado con un caso mucho más grande de lo que pensaba inicialmente.

—Así es. —El agente Batista se apoya de nuevo en el escritorio—. ¿Puedo preguntar qué la llevó a entregar su caso a la Policía Estatal?

—Había muchas pruebas que procesar, y nuestro departamento no está equipado para esa tarea. —Anita se encoge de hombros—. Parecía la opción más lógica.

—Bueno, mi operación se había topado con un pequeño obstáculo. —Le dedica otra suave sonrisa—. Me alegro de que haya hecho esa llamada, oficial Padmore.

Anita se da permiso para fijarse en la forma y el color de sus labios: un marrón frío con un tono púrpura pálido, como las manchas en sus dedos después de recoger moras en verano.

—¿Qué tipo de operación? —Anita dice, volviendo su atención al caso.

—Estoy con los Equipos de Rescate de Rehenes, los HRT. Hemos estado siguiendo el secuestro de niños por todo el país.

Se le abrió un pozo en el estómago. Había más niños como Gaby ahí fuera. Jóvenes, asustados y perseguidos por algún horror no revelado.

—Ya veo. Imagino que querrá un informe de mis hallazgos. —Anita cruza sus brazos sobre su pecho, forzando la imagen de la bata verde de Gaby fuera de su mente—. Tendré un informe listo en una hora.

Con una abrumadora sensación de urgencia, Anita hace un gesto hacia la puerta, dispuesta a saltar sobre la máquina de escribir más cercana.

—En realidad —la voz del sheriff Donner la detiene—. El agente Batista ha solicitado asociarse con usted.

Anita echa la cabeza hacia atrás, incapaz de ocultar su sorpresa.

—¿Conmigo? —Es una verdad universalmente reconocida que las organizaciones federales y locales no se mezclan. Lo mejor es siempre no estorbarse.

—He descubierto que es mejor trabajar con las fuerzas locales —dice el agente Batista—. Usted conoce la zona mejor que yo y el sheriff me dice que tiene una buena relación con los lugareños. Es un recurso en el que podría confiar. Además, es la principal oficial del caso y la razón por la que estoy aquí. —Sonríe—. Parece la opción más lógica.

Un cosquilleo recorre la espalda de Anita.

—El sheriff me ha dicho que pronto se trasladará a un nuevo departamento, pero espero que considere trabajar en esto conmigo. ¿Qué dice?

Un instante después, Anita sabe que no tiene que pensarlo dos veces. No solo puede intentar hacer lo correcto por esos niños secuestrados de la carretera y la pobre Gaby luchando por su vida en el hospital, sino que podría meter las manos en una investigación real, en las grandes ligas. Al diablo trabajar con el Departamento de Policía de Fort Worth, esta es la oportunidad de trabajar con el FBI.

PAREJAS

UNO

LA MAÑANA SIGUIENTE LLEGA DEMASIADO PRONTO, ANITA abre los ojos al oír el estridente sonido de su despertador y lo que había sido un sueño acogedor se transforma en el contorno borroso del duermevela. Se aferra a la memoria de su sueño, tratando de recordar los detalles, pero los gritos ásperos del despertador vacían su mente. Con un gruñido somnoliento, alcanza la mesita de noche para apagar la alarma y refunfuña al ver la hora: 5:45 a.m. Son dos horas antes de su rutina normal, pero su nueva pareja quería empezar al amanecer, dijo que las trasnochadas y las madrugadas hacen que las cosas se muevan en el FBI.

Anita solo tiene tiempo para darse una ducha rápida y lavarse los dientes, no desayuna ni siquiera toma café. Menos mal que Mami y Abue siguen durmiendo cuando ella sale por la puerta, de niña nunca la dejaban salir sin tener algo en el estómago; eso no ha cambiado ahora que tiene casi treinta años.

El sol sigue escondido en algún lugar trás las montañas, el suave arrullo de gorriones somnolientos en un nido cercano es el único sonido que la acompaña mientras cierra la puerta. La vieja placa numérica de madera montada junto a la puerta llama su atención. Ha resistido la prueba del tiempo, pero necesita desesperadamente una buena lijada y una nueva mano de pintura, debería encargarse de ello antes de mudarse a Fort Worth. Anita traza los números 1266 con un dedo, ella misma talló esos números en la placa de cedro en la preparatoria para celebrar el nuevo hogar de su familia en Fabulous. Han pasado quince años, un poco más de una década, desde que perdió a su padre.

El trayecto hasta la comisaría es tranquilo, la luz apenas se asienta como una suave cinta color malva entre la oscuridad que rodea a Fabulous mientras estaciona su pequeña camioneta en la parte trasera de la larga fila de vehículos del FBI.

Mientras Anita se acerca a la escalinata de la comisaría, divisa una esbelta silueta apoyada en su patrulla; las afiladas aristas de sus cincelados hombros contrastan con su lánguido estirar, como una elegante pantera que despierta de un dócil sueño antes de la caza: el agente Batista la recibe con una sonrisa relajada. Bajo la suave luz del amanecer, luce tan cansado como ella se siente, tiene pronunciadas manchas oscuras bajo los ojos, como si hubiera estado guardando todo el cansancio de sus noches de insomnio allí. Al mirarlo más de cerca, Anita se da cuenta de que su profunda mirada marrón cuenta una historia diferente, esa mirada es aguda, alerta, con una pizca de inteligente curiosidad que la mantiene cautivada.

—Buenos días. —Se endereza—. Payaso trajeado reportándose, oficial Padmore.

El tono del agente le indica que está bromeando, pero aun así Anita aprieta los labios para reprimir una risa avergonzada.

—Buenos días, agente. Esperaba encontrarle dentro.

—¿Y perderme el amanecer? —El agente Batista abre los brazos y gira la cara hacia el cielo, como si invitara al sol a salir directamente sobre él—. Es hermoso aquí afuera.

Anita inclina la cabeza con una sonrisa, permitiéndose un segundo para admirar el simpático hoyuelo del agente, ¿cómo es que está tan alegre a estas horas de la mañana?

—Tome. —El agente coge un vaso de poliestireno con café del cofre del coche y se lo entrega—. Me imaginé que necesitaría la cafeína en su primer día, pareja.

—¡Ah, sí! —Anita toma la taza caliente entre sus manos y da un primer sorbo. El café negro, aún caliente, se arremolina en su boca y la llena al segundo trago, justo como le gusta. Suspira—: Gracias.

—No hay problema. ¿No le pone nada? —El agente toma un sorbo de su propia taza de café.

—No, lo estropea. Lo prefiero solo, directo de la cafetera. ¿Y usted?

—Con mucha azúcar y un chorrito de crema. Me gusta la idea del café, no tanto lo amargo que es.

—Es bueno saberlo. —Anita dice, la idea de una

sonrisa cuelga en la comisura de sus labios—. Entonces, ¿cuál es nuestra primera parada?

—Me gustaría visitar a la chica de la que me habló ayer. ¿Es la única testigo que tenemos?

La noche anterior, Anita pasó un par de horas poniendo al agente al corriente de todo lo que podía sobre el caso del tiroteo en la I-10, incluyendo su testigo que se recupera milagrosamente en el hospital. Era tan tarde cuando lo actualizó, que algunos detalles se le escaparon.

—No, también están los testigos de la gasolinera, los que avisaron del tiroteo. —Anita se toma un segundo para suspirar—. Los sospechosos dieron a Gaby por muerta antes de darse a la fuga.

—Espere, ¿ya tiene el nombre de la chica? —El agente se inclina más hacia delante y Anita puede oler su colonia: cítricos con notas de sándalo—. ¿Pudo identificarla?

Anita sacude la cabeza.

—Oh no, lo siento. Solo creemos que se llama Gaby.

—Hm... —El agente da otro sorbo a su café—. ¿Quiénes creemos?

—Oh, um... —Anita podría darse una patada. No está segura de cómo FBI maneja sus investigaciones, pero sabe que su sheriff no estaría muy contento si descubriera que ha estado compartiendo información del caso con Kelly. No importa que Kelly forme parte del personal de salud de confianza del pueblo; sigue siendo una civil y compartir detalles de un caso con el público en general podría perjudicar una investigación. Juguetea con su taza, tratando de ganar tiempo y decidir lo que va a decir a continuación. Es mejor confesar ahora que mentirle a un funcionario federal—. Una enfermera del hospital guardó la bata que llevaba la víctima cuando la ambulancia la trajo. Tiene la palabra Gaby bordada. La descubrimos juntas.

—¿Bordada? ¿Dónde exactamente?

Anita parpadea una vez, ¿no le importa que haya analizado evidencia con alguien ajeno al Departamento?

—Justo sobre el dobladillo, en el interior de la bata.

—Y crees que la víctima la bordó ella misma. —Hay una curiosa sonrisa en la voz del agente. No pregunta con incredulidad, ni se burla de ella. Es como si la estuviera alcanzando en una carrera, una carrera para descifrar un acertijo.

—Eso es lo que creo. —Anita no puede evitar sonreír de la misma manera que lo hace ahora el agente. Su entusiasmo por las novedades del caso es contagioso—. El nombre está bordado boca abajo, como si lo hubiera hecho ella misma.

—Interesante. —Se rasca la barbilla con un dedo anular largo pero vacío.

—¿Cómo es eso? —Anita se toma un momento para analizar la reacción del agente. ¿Hay algo más en el nombre bordado de lo que ella pensaba?

—No sería la primera víctima que ha etiquetado su ropa con su nombre.

Un pozo se abre en el estómago de Anita al pensar en su testigo en el hospital y en los niños que Jim dijo que se habían llevado. ¿Cuántos más hay?

—¿Lista para irnos? —pregunta el agente Batista tras un último sorbo de su café, deteniendo en seco sus preguntas sobre la investigación del FBI.

—Sí, vámonos.

DOS

EL VIAJE AL HOSPITAL SE SIENTE MÁS CORTO CON ALGUIEN sentado en el asiento del copiloto. Su pueblo es tan pequeño que nadie en la comisaría tiene un compañero asignado. Los oficiales se asocian con quien esté disponible en el momento en que la central les asigna una llamada, pero Anita no ha tenido un copiloto en su patrulla desde que anunció sus intenciones de traslado hace tres meses. Los otros oficiales se comportan como si prefirieran tener un fuerte resfriadoantes que relacionarse con ella, y ella podría prescindir de sus comentarios sarcásticos y sus miradas agrias. Si trabaja sola, todos están contentos.

Pero Caio Batista no es mala compañía, se ha ofrecido a sostenerle el café mientras conduce por las carreteras más accidentadas del pueblo para que no se derrame en el portavasos, tampoco le da instrucciones acerca de cómo conducir, como algunos de sus colegas.

—Creo que deberíamos hablar con los testigos de la

gasolinera... —dice el agente Batista. El bostezo que reprime hace que se le salgan las lágrimas de los ojos—. Disculpe.

Anita sonríe, llevando su mirada de nuevo a la carretera por delante.

—Trasnochadas y madrugadas, ¿eh?

—Cuando nos va bien— Batista se ríe—. Los agentes principales no duermen mucho.

—¿No ha dormido?

—Bueno, anoche tuve un par de horas libres después de coordinar los esfuerzos de la unidad de crímenes. —Cubre otro bostezo con su puño.

—Suena exigente.

El agente Batista levanta un hombro.

—Gajes del oficio.

Algo caliente se estremece en la boca del estómago antes de que una pregunta se le escape de los labios, sin proponérselo.

—¿El oficio deja tiempo para algo más?

Batista ladea la cabeza.

—¿Cómo qué?

El calor en su estómago sube hasta su cuello. ¿Por qué dijo eso?

—Oh, no lo sé. —Anita juguetea con el cuero desconchado de su volante, intentando mantener su voz lo más informal posible—. Como la familia —busca más elementos que pueda añadir casualmente a su lista—, cosas sociales.

—Cosas sociales —él repite las palabras, y el hoyuelo de su mejilla hace acto de presencia.

Anita aprieta la mandíbula por un segundo. ¿Eso fue lo mejor que se le ocurrió?

—Sí, ya sabe, como diversión. —Ella traga para humedecer su garganta repentinamente seca—. Si el oficio viene con un horario tan exigente, ¿cuándo tiene tiempo para divertirse?

—Oh, eso. —Él se ríe—. Me las arreglo.

—¿De verdad? —Anita le mira de reojo.

—Estoy casado con mi trabajo, pero sigo divirtiéndome. —Puntualiza su comentario con un guiño.

—Es bueno saberlo. —El calor de su cuello se extiende hasta sus mejillas. Si la tierra abriera un agujero y se la tragara en ese instante, no tendría ninguna queja. Anita se apresura a buscar palabras en un intento de devolver la conversación a su flujo original—. ¿Así que quiere hablar con los testigos de la gasolinera?

—Oh, sí, después de que terminemos en el hospital —dice el agente Batista mientras maniobra para abrir una carpeta manila con una mano y sostiene la taza de café de Anita con la otra—. Sería estupendo que pudiéramos corroborar la información que podamos obtener de la víctima lo antes posible.

Anita asiente, con la idea de hablar por fin con Gaby nadando en el fondo de su mente, ¿será capaz de hablar con ellos? ¿Qué puntos les ayudará a unir?

—¿Qué le va a preguntar?

—Me gustaría saber dónde la retuvieron principalmente, desplegué agentes y oficiales en una búsqueda del perímetro anoche para tratar de alcanzar a nuestros sospechosos, pero... —suspira—. Quizá tengamos suerte y nuestra chica sepa a dónde la llevaban.

Una mueca recorre el rostro de Anita, las posibilidades de encontrar a las otras tres víctimas en la inmensidad del desierto se reducen con cada hora que pasa y solo pueden esperar obtener algún detalle de sus testigos que les dé alguna dirección.

—Prometí ponerla al día en mi investigación anoche —continúa el agente Batista.

La tensión le corroe el estómago, este caso es más grande que cualquier otro al que se ha enfrentado durante su tiempo como oficial. Cuando terminó de poner al agente al día con su parte de la investigación, Batista le dijo que debía irse a casa y dormir un poco, la expresión mareada en su rostro probablemente le indicó que no estaba en condiciones de escuchar una sesión informativa completa sobre su trabajo con el FBI y su división.

—¿He mencionado que trabajo en la división de Equipos de Rescate de Rehenes?

—Lo dijo, los HRT. —Anita le mira un segundo antes de girar a la derecha en la esquina de la oficina de correos. Incluso después de oírlo por segunda vez, el nombre de esa división sigue sonando muy mal.

—Es una división bastante nueva. Hace aproximadamente un año, cinco pacientes desaparecieron repentinamente de un hospital infantil de Nueva York. Mi equipo fue transferido a la división y se le asignó la tarea de encontrar a esas víctimas; pero en lugar de eso, descubrimos más desapariciones de pacientes jóvenes.

El agente Batista expone los detalles técnicos de las

desapariciones, pero todo se reduce a un simple hecho: un grupo que el FBI ha bautizado sencillamente como "los hombres de negro" ha estado secuestrando niños en hospitales de todo el país y, después de un año, todavía no saben quiénes son esos hombres. Todo este tiempo, han estado un paso atrás de ellos, cuando descubren que un caso está relacionado con su misión, aparece otro secuestro en la otra esquina del país.

—Un día estamos en Florida, al siguiente en Montana, y esa misma semana volvemos a viajar al sur, a Texas. —El agente Batista respira profundamente. Toda la energía de su voz desaparece—. Hay demasiados elementos inciertos en este caso, por lo que es difícil desarrollar un perfil y aún más difícil desarrollar un patrón para anticipar los secuestros.

Anita estaciona su patrulla, cuando mira al agente Batista, éste no la mira a ella ni a los expedientes que descansan sobre su regazo, su mirada se pierde en algún lugar del horizonte. Una dureza se ha instalado en su rostro.

—No sabemos quién es el verdadero objetivo —dice con una seriedad que hace que el cuerpo de Anita se enfríe—. Podrían estar apuntando a familias de inmigrantes, porque un gran porcentaje de nuestras víctimas o sus familias están aquí ilegalmente, pero otros son ciudadanos o turistas médicos. Tal vez estén apuntando a pacientes vulnerables. Todos los niños fueron sacados de salas de cáncer o estando en coma, pero ¿por qué alguien secuestraría y traficaría con niños en un estado tan vulnerable? No tiene sentido.

Anita permanece sentada junto a su pareja federal, sin mover un músculo, empapándose de la crudeza de todo. Una pregunta arde en los bordes de su boca.

—¿Cuántos niños se han llevado?

—Ochenta y siete.

El número la golpea como una quemadura de soga en el interior de su garganta, recuerda los moretones y las quemaduras que Kelly mencionó que Gaby tenía por todo el cuerpo. La imagen de la bata de hospital color menta cubierta de sangre pasa por delante de ella durante un instante. Su mente multiplica entonces esa información.

La multiplica ochenta y siete veces.

TRES

—Nuestra chica pasó una noche difícil —dice Kelly mientras los guía por el ala de pacientes—. Las enfermeras de noche dijeron que tenía mucho dolor, así que subieron su dosis de analgésicos.

—¿Deberíamos volver más tarde? —La pregunta del agente Batista sale con una pizca de aprensión, como si esperara que la respuesta fuera negativa—. Obviamente quiero hablar con ella —añade ante la mirada inquisitiva de Anita—. Pero no a riesgo de hacerla enfermar.

—Oh, bendito sea. —Kelly se gira para mirarle con una sonrisa de aprobación—. Bueno, está de suerte. Acabamos de cambiar su cama y la ayudamos a ducharse. Probablemente esté lo más despierta que va a estar en todo el día. Por aquí, por favor. —Kelly abre la puerta de la sala de cuidados intensivos y hace un gesto al agente Batista para que entre antes que ella.

Con el agente fuera del camino, Kelly aprovecha la breve oportunidad para volver a mirar a Anita.

—Qué guapo es —dice solo con sus labios sin ningún sonido.

—Cállate —le responde Anita de la misma forma después de reprimir una sonrisa. Aunque intenta concentrarse en su caso, Anita no puede evitar mirar a Caio Batista: la forma en que la chaqueta de su traje acentúa sus anchos hombros y su estrecha cintura hace que Anita esté de acuerdo con su amiga.

La zona de cuidados intensivos es un largo pasillo abierto con varios cubículos donde los pacientes descansan detrás de unas cortinas de un verde pálido. Es un lugar que demanda silencio: la forma en que Kelly cambia a pasos más suaves y movimientos delicados se lo indica.

—¿Necesitan un momento a solas con ella? —El susurro de Kelly apenas se escucha por encima del pitido de las máquinas colocadas en los espacios de cada paciente para observar sus signos vitales.

—Creo que es mejor que te quedes —dice Anita, igualando el tono de Kelly—. Ella ya te conoce y podría sentirse más segura contigo en la habitación. —Anita se habría sentido mejor si hubieran podido contar con la presencia de los padres o tutores de Gaby. Podrían haber ayudado a aliviar la tensión entre la víctima y la Policía, pero en su ausencia, el personal de salud es su mejor opción—. ¿Qué le parece, agente? —Mira a su compañero para ver si tiene una idea diferente.

Él ladea la cabeza. Hay un nivel de comprensión en su gesto, como si estuviera satisfecho con su sugerencia.

—Estoy de acuerdo.

Kelly asiente y abre la cortina para que entren primero en el pequeño espacio.

Una penetrante mirada marrón se posa sobre ellos en cuanto cruzan. Gaby está tumbada en la cama, apoyada frente a un anodino desayuno de hospital, sus rizos negros y cortos rozan la línea de su mandíbula, donde una serie de moretones y marcas se extienden por su cuello. Una vez que Anita y el agente Batista han entrado de lleno en la habitación, su mirada se mueve velozmente entre ellos mientras se agarra a los extremos de sus cobijas. Por cada paso que dan en la habitación, Gaby aprieta la mandíbula con tanta fuerza que Anita teme que la chica pueda romperse los dientes.

Un escalofrío recorre la espalda de Anita cuando sus ojos se encuentran con los de Gaby. Detrás de esos oscuros pozos de sardo, hay una capa subyacente de desconfianza, que se ahoga bajo un furioso mar de resiliencia.

Las luces de la habitación parpadean un par de veces durante un segundo, Anita mira al techo, rompiendo el contacto visual con la chica. Fabulous no es ajeno a los cortes de energía; las tormentas del desierto se encargan de eso con frecuencia, pero el hospital tiene dos generadores de emergencia. Se vuelve hacia Kelly en busca de una respuesta.

—Ha estado así todo el día. —Kelly sacude la cabeza—. El doctor Donaldson ya ha llamado a alguien para que revise los generadores.

Satisfecha con su respuesta, Kelly avanza en su misión de romper la tensión.

—Hola, solecito —Kelly habla con voz suave y tranquila mientras pasa junto a Anita y su compañero.

La chica desencaja la mandíbula al notarla.

—Tienes un par de visitantes que quieren hablar contigo.

Gaby vuelve a centrar su atención en ellos con prejuicio de sobra mientras observa el arma enfundada en la cadera de Anita.

—Me quedaré en la habitación todo el tiempo, ¿de acuerdo? —Kelly continúa con ese tono maternal que ha tenido toda la vida.

—Okey. —La palabra sale de la boca de la chica en un pequeño y medido murmullo.

Incluso por su voz baja, Anita reconoce el acento de la chica y decide hacer su movimiento.

—Hola, nena, ¿hablas español?

Por el rostro de la chica pasa un parpadeo de tranquilidad, y esa es toda la confirmación que Anita necesita.

—Soy la oficial Padmore y él es el agente Batista. —Señala Anita a su compañero—. Solo queremos hacerte unas preguntas, ¿te parece?

La actitud de Gaby cambia. No hay confianza en sus ojos, pero está floreciendo un vínculo entre ellas, algo que solo dos personas que hablan el mismo idioma en una tierra extranjera pueden compartir. Gaby le ofrece una breve inclinación de cabeza como respuesta.

—Gracias. —Anita saca su libreta del bolsillo trasero.

El sonido del agente Batista caminando por el área le roba su atención, él toma una silla verde que descansa en la esquina, la acerca a la cama y se la ofrece con un movimiento de cabeza.

—¿Puedes preguntarle si le importan las preguntas en inglés? No hablo español.

Echando una mirada furtiva para escudriñar su rostro, Anita no logra descifrar lo que siente en ese momento. Acaba de tomar las riendas de la entrevista con un testigo clave sin siquiera consultarlo con él. ¿Le importa? Se libera de cualquier pensamiento sobre la cadena de mando y sobre el agente federal que dirige la investigación. Su único interés en este momento debe ser Gaby.

—El agente Batista no habla español —dice Anita dirigiéndose a Gaby—. ¿Te molesta si hablamos en inglés?

La chica se encoge de hombros:

—Inglés está bien.

Anita saca un bolígrafo del bolsillo del pecho y toma el único asiento disponible en la pequeña unidad de cuidados intensivos.

—Empecemos por tu nombre.

—Gaby... —Su voz sale rasposa cuando intenta hablar, como si le doliera por haber gritado demasiado—. Gabriela Martínez. —Se corrige, volviendo a su tono apenas audible.

—¿Prefieres Gaby?

Ella vuelve a encogerse de hombros como respuesta.

Anita le ofrece una suave sonrisa antes de anotar esa información. Su corazonada sobre el nombre era correcta,

¿bordó su nombre ella misma como las otras víctimas que mencionó Batista?

—¿Y qué edad tienes?

—Dieciséis.

Anita trata de no hacer una mueca al oír eso, Gaby es más joven de lo que parece; todo lo que ha pasado la ha envejecido, sin duda.

—¿Sabes dónde estás, Gaby?

—Texas, creo.

—Así es. —Anita asiente y la mira a los ojos para preguntarle—: ¿Venías de algún lugar de Texas?

Gaby entrecierra los ojos por un instante.

—Houston.

La duda que queda en la respuesta de Gaby le indica a Anita que debe proceder con cuidado en sus siguientes preguntas.

—¿Es Houston dónde vives?

Con un movimiento de cabeza, la chica mira hacia otro lado y cruza los brazos sobre el pecho.

Anita mira al agente Batista en busca de ayuda; la confianza que estableció antes con su testigo no es suficiente para hacerla hablar.

Batista asiente para tranquilizarla y se acerca un poco más a la cama.

—¿Gaby? Lo siento, no me he presentado. Me llamo Caio y trabajo para el FBI. Hemos estado lidiando con casos de secuestro. Sé que alguien ha estado sacando niños de hospitales. —Gaby gira la cabeza para mirarle a la mención de los secuestros en hospitales—. La oficial Padmore y yo tenemos el presentimiento de que algo similar te ocurrió a ti.

Una dureza se instala en el rostro de Gaby mientras inspecciona al agente que tiene delante.

—Ayer, estabas huyendo de alguien con otros tres chicos, ¿correcto? —continúa, aprovechando el dominio que tiene sobre la atención de la testigo.

—¿Cómo lo sabe? —Una brusca agresividad en la voz de Gaby les alerta de una nueva capa de desconfianza.

—Nos lo dijo la gente de la gasolinera. —Anita responde antes de que Gaby pueda desconfiar más de ellos—. Llamaron a la estación de Policía y a una ambulancia después de que te dispararan.

Gaby frunce el ceño pero se recuesta contra las almohadas, apoyándose.

—¿Qué pasó con mis amigos?

—Se los llevaron en una camioneta negra. —La voz del agente tiene un tono firme pero practicado cuando responde, como si dar malas noticias fuera una parte más de su rutina diaria.

Pálida incredulidad aparece en el rostro de Gaby y un suspiro se clava en el pecho de Anita al ver cómo los ojos de la chica pasan de la desconfianza a la pena. Por supuesto que Gaby no recuerda cómo se llevaron a sus amigos, solo recuerda que le habían disparado.

—Lo siento. —Batista le da un segundo para procesar la información—. Cuanto más puedas contarnos sobre lo que pasó, más posibilidades tendremos de encontrarlos.

Después de morderse el labio, Gaby vuelve a mirar a Anita y a Kelly, buscando tranquilidad.

—Gaby —dice Anita—, el FBI está buscando a tus

amigos y a otros niños que han sido secuestrados. Cualquier información que puedas darnos será de gran ayuda.

El silencio baila en la habitación durante un instante.

Gaby toma su vaso de agua y, tras un largo trago, vuelve a mirar a la agente.

—¿Qué quieren saber?

CUATRO

KELLY CORRE LA CORTINA DETRÁS DE ELLOS Y LOS SACA DEL área de cuidados intensivos. Gaby había respondido a la mayoría de sus preguntas hasta que su siguiente dosis de analgésicos la hizo pasar de estar aturdida a estar exhausta.

Un pesado silencio vibra dentro de Anita, ¿cómo iba a procesar todo lo que Gaby acababa de compartir? Se toma un momento para imaginar todo lo que esa pobre chica había pasado en los últimos tres años.

A Gaby la habían sacado por la fuerza de su hospital hace tres meses, pero sus problemas habían empezado mucho antes. Tras un periodo de intensas migrañas, constantes hemorragias nasales y una debilitante sensibilidad a la luz, Gaby recibió un diagnóstico de múltiples tumores cerebrales; sus padres la llevaron a ver a los mejores médicos de México, pero las opciones de tratamiento hicieron poco por mejorar su decadente salud. Hace un año, la esperanza llegó en forma de un estudio en Houston que ofrecía un tratamiento agresivo, pero que podría salvar la vida de los niños con cáncer. Tras unos pocos meses en el estudio, la salud de Gaby mejoró, su cabello volvió a crecer, sus migrañas eran menos frecuentes y las cosas parecían mejorar, hasta que fue secuestrada.

El agente Batista pasa apurado junto a Anita, rompiendo su reflexión sobre el pasado de Gaby. Se dirige al otro lado del pasillo para apoyar su bloc de notas contra la pared y alterna entre apuntar información y volver a hojear sus notas con una velocidad furiosa.

Kelly le da un codazo a Anita y dirige un curioso movimiento de cabeza al agente. Anita solo puede encogerse de hombros en respuesta.

—Es… extraordinario. —El agente murmura en voz baja mientras hojea sus notas una vez más.

—¿Qué es? —pregunta Anita. Sigue el ejemplo de Kelly y se asoma por detrás de su hombro, con la curiosidad a flor de piel.

—Su caso coincide con el perfil que hemos estado tratando de armar. —Muerde la tapa de su bolígrafo antes de seguir escribiendo—. Es una turista médica de México, sacada de su sala de pacientes. También dijo que las otras víctimas, sus amigos, fueron sacadas del mismo hospital. Han sido transportados como un grupo desde el principio, al igual que otros grupos de víctimas.

—Oh, Dios. —A Kelly se le escapa un jadeo—. ¿Grupos? ¿De niños? ¿Quién haría esto?

—No lo sabemos. —Batista se vuelve hacia su público con un gesto de preocupación en la frente que promete convertirse en una arruga pronunciada en el futuro—. Tampoco podemos saber por qué. —Suspira y vuelve a sus notas—. Gaby dijo que sus amigos también eran inmigrantes, pero eso no los conecta con las otras víctimas. Además de estar en el mismo estudio de investigación, ¿qué más tienen en común entre ellos? ¿Y cómo se relacionan con el resto de nuestras víctimas?

Anita se masajea el costado de la cabeza, como si eso le ayudara a producir una respuesta, pero lo único con lo que tropieza es con un dato escalofriante.

—Vulnerabilidad.

Tanto Batista como Kelly se giran para mirarla.

—Dijo que las víctimas eran pacientes vulnerables o inmigrantes. —Anita se muerde el labio, obligando a su mente a completar la idea—. De cualquier manera, las víctimas eran lo suficientemente vulnerables como para no poder escapar o pedir ayuda.

—Eso suena a un esfuerzo organizado, lo que nos ayuda a descartar la explotación financiera y los secuestros compulsivos. —El agente Batista se rasca su bien cuidada barba de chivo—. Eso sigue dejando sobre la mesa el tráfico de personas e incluso cultos.

A Anita se le revuelve el estómago. Bajando los hombros, vuelve a mirar la cortina verde pálido que los separa de Gaby. Sus pensamientos viajan a todos esos niños secuestrados y a sus familias. ¿Qué búsquedas desesperadas y rezos a un poder superior deben llevar a cabo? ¿Qué hay de las familias inmigrantes y su miedo a acudir a las autoridades en busca de ayuda, por la posibilidad de ser deportados? Esperaba que hablar con Gaby abriera nuevas vías de investigación, pero ¿están más cerca de averiguar quién está detrás de los secuestros?

—¿Qué pasa? —El agente Batista da un paso más hacia ella.

—Parece que tenemos más preguntas que respuestas.

—Eso es un hecho.

Anita le devuelve la mirada para encontrar el esbozo de una dolorosa sonrisa posando sobre sus labios.

—Apenas estamos tocando la superficie de este caso —continúa el agente Batista—, pero es más de lo que teníamos antes. Seguiremos trabajando en este asunto hasta que se resuelva y, con suerte, podremos traer a esos niños a casa.

Ella devuelve la misma sonrisa dolorosa, una llena de incertidumbre.

—¿Está seguro o solo es optimista?

—Ambas cosas. En esta línea de trabajo, tienes que ser ambas cosas. —Se encoge de hombros—. ¿Quizás podamos obtener más detalles una vez que nuestra testigo se sienta mejor? —añade, volviéndose hacia Kelly.

—Tal vez —Kelly vuelve a su tono de enfermera, profesional y protector al mismo tiempo—. Sé que tienen muchas más preguntas, pero puede que ella no se sienta con fuerzas para responderlas pronto. Tenemos que tomar en cuenta el desgaste emocional que todo esto puede tener en mi paciente.

El agente Batista responde con una suave inclinación de su cabeza.

—Por supuesto. Mientras tanto, tenemos suficiente información para empezar en la dirección correcta.

—Hm. —Kelly se toma un momento para mirarlo, evaluándolo—. Entonces le llamaremos cuando y si ella está dispuesta a responder a más preguntas.

—Perfecto. —Le ofrece a Kelly un apretón de manos—. Gracias por su tiempo, enfermera Johnson.

—Por supuesto. —Ella le estrecha la mano a su vez—. Si me disculpa, tengo que volver al trabajo. Les acompañaría a la salida, pero ella sabe cómo salir de aquí. —Kelly asiente hacia Anita, hay un indicio de una sonrisa astuta en su cara, una que dice demasiadas cosas a la vez. Cosas como "ve por él", y "llevas demasiado tiempo soltera, cariño". Un destello de aprobación brilla en sus ojos—. Me cae bien.

Un calor bochornoso sube por el cuello de Anita, pero antes de que tenga tiempo de avergonzarse, su amiga ya ha doblado la esquina para salir de la zona de cuidados intensivos.

—¡Pero qué amable! —Dice Caio detrás de Anita con un tono juguetón en su voz—. A mí también me cae bien, aunque me gusta más mi compañera.

A Anita le da un vuelco el corazón, ¿escuchó bien? Toma aire para calmar los latidos de su corazón. Se vuelve hacia él con una sonrisa en los labios, levantando una ceja para aparentar un gesto frío.

—¿A sí?

—Sí. Es muy buena en lo que hace, ¿sabes?

—¿Buena cómo?

—Acabamos de hablar con una testigo, y ella manejó toda la situación mejor de lo que yo podría haberlo hecho. —Se endereza, levantando la barbilla en esa postura relajada suya—. Es algo callada, un poco reservada, y sé que estamos trabajando juntos, pero me gustaría conocerla mejor.

Anita se ríe, agradecida de que él no pueda oír los latidos de su corazón.

—Quizá deberías intentarlo. Puede que le interese.

—¿Sí? —Dice con una sonrisa. —¿Y qué de tu compañero?

—Meh —Anita le dedica una media sonrisa—. Ya veremos.

CINCO

El sol de las últimas horas de la mañana brilla a través de las ventanas del hospital, el frío de la noche del desierto ha desaparecido.

—¿Qué sigue entonces, pareja? —Dice Anita, llenando el cómodo silencio que les acompaña desde que dejaron atrás la unidad de Gaby.

—Deberíamos pasar por la escena del crimen en algún momento del día. Nuestra unidad criminal se desplegó anoche —responde Caio con ese tono relajado de nuevo en su voz—. Sospecho que seguirán allí hasta el final del día, así que me gustaría hablar antes con nuestros otros testigos.

—Jim y Johnny. —Anita piensa en el amable propietario del Gas-N-Go, con su voz ronca y su risa profunda, y en su torpe empleado, siempre bailando y tocando su guitarra imaginaria mientras friega el suelo. Una sonrisa se dibuja en las grietas de su boca.

—Sí, ¿y dónde podemos encontrar a Jim y Johnny?

—Deberíamos intentar en sus casas, dudo que Jim quiera abrir la gasolinera hoy... —Su mente se remonta al malestar dibujado sobre Jim el día anterior. La misma voz ronca de siempre, solo callada y cansada, sentado en las escaleras de la gasolinera con una Browning Citori descansando a su lado—. Teniendo en cuenta todo lo que ha pasado.

—Vuelve a contarme lo que pasó —dice Caio tras darles el paso a un grupo de enfermeras que atraviesan las puertas dobles que dan acceso a la unidad de cuidados intensivos—. ¿El dueño disparó a los sospechosos?

—Lo intentó. —Anita suspira—. No tengo todos los detalles. Ayer no pudo contarme mucho.

—Me imagino, debe haber estado en shock.

Anita asiente.

—La gente de aquí, ya sabes, está acostumbrada a nuestro tranquilo pueblo y a sus tranquilas vidas.

—Hmm —dice Caio comprensivo mientras entran en la sala de espera—. ¿Y el muchacho? ¿Johnny?

—No lo vio todo. Jim le dijo que se quedara adentro.

Anita frena un poco el paso mientras pasan junto a la recepcionista, su mirada se fija en la figura familiar de Jim entrando en el hospital, ¿qué hace aquí? ¿Se siente mal después de todo lo que pasó ayer?

—Es toda una historia —La voz de Caio se cuela en sus pensamientos—. Espero que hoy puedan contarnos más.

—Parece que estamos a punto de averiguarlo. —Anita

levanta la mano en señal de saludo una vez que Jim los localiza.

—Anita. —Hay una sonrisa cansada en la voz de Jim cuando la reconoce.

A primera vista, Jim no parece enfermo. Lleva su típica camisa de manga corta con gruesas rayas verdes y crema, un indicio de su sentido de la moda de los años sesenta. Pero hoy hay una sombra gris sobre él, sus chinos están arrugados y una mancha de pasta de dientes cae sobre una franja verde bosque de su camisa.

—Hola, Jim. Este es el agente especial Batista. —Señala Anita a su compañero—. Estamos trabajando juntos en el caso de ayer.

—Ah. —Jim se gira para darle un vistazo y toma la mano que le ofrece Caio—. Buenas tardes.

—Encantado de conocerle, señor...

—Foster. —Los ojos de Jim bajan hasta la placa del agente—. FBI, ¿eh? Me alegro de tenerle aquí, algo me dice que a estos chicos les vendría bien toda la ayuda posible.

—Para eso estamos aquí —responde Caio con un tono diligente en su voz.

Anita se fija en las bolsas bajo los ojos de Jim.

—¿Cómo estás, Jim?

—He estado mejor —admite Jim antes de rascarse la barba blanca que le crece en las mejillas.

—Ya lo creo. —Anita se acerca para apretarle el brazo.

Una breve sonrisa se dibuja en los labios de Jim.

—Vine a, um, pues a preguntar por la chica, ¿cómo está?

Una ligera tibieza se instala en el estómago de Anita, y sabe que esto es lo que echará de menos una vez que deje Fabulous. No el clima, ni los lugares donde creció, ni siquiera su antiguo trabajo, sino la gente como Jim que hace que su pequeña comunidad sea tan especial.

—Está estable y en buenas manos. Kelly dice que se pondrá bien, pero necesita mucho descanso y tiempo para recuperarse.

Como la luz lejana de un faro en la niebla, el alivio brilla en el rostro de Jim.

—Es bueno saberlo. Me alegro mucho —suspira con una mano sobre el pecho—. Me alegro mucho.

—Señor Foster —dice Caio tras un rato de silencio—, la agente Padmore me ha dicho que ayer disparó a los sospechosos.

—Más bien lo intenté. —Jim se masajea la nuca con la palma de la mano abierta—. Tengo una vieja escopeta de caza en la tienda.

—Una escopeta de caza, ¿para protección?

—No exactamente, la tienda está tan cerca del desierto que tengo que espantar a los coyotes. —Se encoge de hombros—. El ruido ayuda.

—Ya veo. Señor Foster, ¿le importaría acompañarnos de vuelta a la estación? Nos vendría muy bien su declaración oficial.

Jim asiente, y la nube gris que llevaba consigo al hospital se disipa.

—Por supuesto. Cualquier cosa que pueda hacer para ayudar.

El vapor de su café ha desaparecido para cuando terminan la entrevista, el rasguño del bolígrafo del agente Batista contra su cuaderno es el único sonido en la pequeña y única sala de interrogación que ofrece la comisaría.

—Una última cosa, señor Foster —dice Batista sin levantar la vista de sus notas, con el ceño todavía fruncido y una seriedad poco habitual—. Hemos hablado de las tres víctimas que se llevaron. ¿Recuerda el color de sus batas?

—¿El color? —Jim se rasca el creciente vello facial.

Anita hace una pausa en su propia toma de notas. Tiene que estar de acuerdo con la reacción de Jim. ¿Hay algo especial en el color de las batas?

—Gris, tal vez. —Jim entrecierra los ojos, pensando—. Esa chica, ¿Gaby? Ella destacaba más.

—¿Era la única que llevaba ese tono verde?

—Sí. Los demás debían ir de blanco o gris.

Caio toma más notas, el silencio vuelve a envolver la habitación por un momento.

—Bueno, señor Foster, toda esta información será muy útil para nuestra investigación. —Levanta la vista de sus notas, con su sonrisa fácil de nuevo en los labios—. Es usted libre de irse.

El sonido de las sillas arrastrándose llena el pequeño espacio, Anita toma su cuaderno y se lo guarda en el bolsillo trasero, mira hacia la mesa y descubre que el agente ha vuelto a su frenética toma de notas, devorando páginas con tinta negra.

—Adelante, oficial. —Pausa por un instante—. Necesito un minuto.

Anita asiente.

—Vamos, Jim. Te acompaño a la salida.

Mientras recoge sus cosas, Jim alcanza su taza de café pero la deja al notar que se ha enfriado.

—Así de mal sabe, ¿eh? —Anita sonríe al ver su expresión de disgusto.

—El café malo solo sabe peor cuando está frío. —Se encoge de hombros—. Sin ofender.

Anita se ríe.

—Ninguna, ¿por qué crees que todos los oficiales se la pasan en Fabulous Cup?

Jim sonríe con la única pizca de humor sincero que Anita le ha visto en todo el día, esa pizca desaparece tan rápido como llegó. Levanta la vista antes de salir de la sala.

—Espero que esto haya sido útil. No necesitamos a esos hombres por ahí aterrorizando más niños.

—Lo mejor que podemos hacer por ellos es seguir haciendo nuestra parte. Tú ya has hecho la tuya, ahora nos toca a nosotros. Avísanos si recuerdas algo más. —Anita estira la mano para apretarle el hombro—. Vete a casa, descansa un poco.

Jim baja la mirada y tantea las llaves de su coche.

—Puede que haya algo más.

—¿Qué cosa? —El estómago de Anita se tensa.

—Va a parecer una locura. —Jim levanta la vista hacia

ella y luego vuelve a mirar sus llaves—. Me tuvo despierto toda la noche, no puedo explicarlo, pero podría jurar que las balas rebotaban lejos de esos niños.

Caio levanta la cabeza de sus notas.

—¿Qué quiere decir?

—No lo sé. Los hombres de la camioneta debieron dispararles más de una docena de veces. Los chicos siguieron corriendo como si ninguna de esas balas les hubiera tocado.

Anita se lleva un puño cerrado a la boca, conjurando la imagen de esas balas de 9 mm impactadas que encontró ayer: pepitas doradas ensuciando la carretera, deformadas por el impacto.

—O esos tipos tienen peor puntería que yo, o... —Jim se interrumpe, como si algo en su interior le dijera que dejara de hablar.

El agente se levanta de su lugar en la mesa.

—He visto cosas muy extrañas, señor Foster. — Camina hacia Jim, sus pasos firmes retumbando contra el suelo de cemento—. Y puede que hayan sido locuras, o puede que no hayamos descubierto aún cómo explicarlas.

Jim aprieta los labios antes de volver a hablar.

—Era como si esos niños estuvieran dentro de una burbuja. Yo vi esa burbuja, agente, como los espejismos que vemos sobre la autopista cada verano. Tal vez fue un espejismo, pero eso no explica cómo esa chica del hospital solo resultó herida cuando los hombres le dispararon a quemarropa.

SEIS

—Gracias por su tiempo, señor Foster. —Caio rompe el largo e incómodo silencio que ocasionó la última declaración de Jim—. Con permiso.

Anita intercambia una rápida mirada con Jim antes de que ambos vean al agente pasar a hurtadillas junto a ellos con sus notas y carpetas manila bajo el brazo.

Lo ven dirigirse a la sala de espera antes de que Jim se aclare la garganta.

—¿Fue algo que dije?

—No del todo. Creo que está conectando algunos puntos. —Anita entrecierra los ojos—. Aunque no me importaría que lo compartiera con la clase.

Tras una breve despedida, Anita sigue a su compañero hasta la abarrotada oficina de los oficiales. Le ve haciendo señas a otro agente para entregarle materiales de entrevista junto con algunas instrucciones.

—Jameson —dice Batista cuando Anita se acerca—,

llévate a Matthews y levanten la declaración del tercer testigo, ¿quieres? —Le entrega un expediente delgado.

—John Donaldson —lee Jameson al abrir el expediente.

—Ese mero. Por favor, que esté presente un tutor, es menor de edad.

—De acuerdo, jefe.

Anita se pone al lado de su compañero.

—¿Enviarás a alguien más a hablar con Johnny? —Dice después de que el otro agente ya no está cerca para escuchar.

—Ah, oficial Padmore. —Caio se vuelve hacia ella con una expresión extraña en el rostro, como si acabara de verla por primera vez ese día—. Sí, Jameson y Matthews son mis mejores entrevistadores. Harán un gran trabajo hablando con Johnny.

—¿De verdad? —Anita hace todo lo posible para que la confusión no sea evidente en su voz, ¿por qué está actuando tan extraño de repente—? Pensé que querías que habláramos con todos los testigos nosotros mismos.

—Así es. Pero ahora tenemos una misión diferente. —Un brillo concentrado se enciende en sus ojos—. ¿Serías tan amable de llevarnos a la escena del crimen?

El sol abrasador descansa en su cénit, rodeado de nubes blancas y esponjosas, cuando salen hacia la escena del crimen. El trayecto hasta la solitaria gasolinera se hace más largo con el agente en el asiento del copiloto, inmerso en su lío de notas y expedientes del caso, sin compartir ni un poco lo que está pensando.

La mandíbula de Anita se aprieta durante la mayor parte del trayecto. Los pensamientos sobre el cambio de actitud de Batista ebullen en su mente, pero sabe que es mejor no compartirlos. Puede que el agente esté ahora demasiado absorto en su investigación, pero eso no significa que no vaya a compartir lo que ha descubierto, ¿cierto? Al fin y al cabo, había hecho hincapié en la colaboración con las fuerzas policiacas locales. También está ese momento en el hospital, esa conversación sobre querer conocerla mejor a pesar de estar en medio de una investigación, el estómago se le llena de calor y tiene que sacudirse antes de que sus pensamientos vayan más allá. Ya habrá tiempo de soñar despierta con Caio Batista y su fuerte mandíbula y la calidez de su relajada sonrisa.

—Ya llegamos —tiene que decir Anita después de estacionarse en un lugar sombreado, justo al borde del cordón que rodea la escena del crimen.

—¿Eh? —El agente levanta la cabeza y mira a su alrededor durante un segundo, ajeno al largo trayecto desde la estación hasta el Gas-N-Go—. Ah, claro, gracias.

—Por supuesto. —Anita asegura las llaves de la patrulla bajo el parasol—. Entonces, ¿cuál es nuestra tarea aquí, pareja?

—Bueno, tengo que tomar nota de la evidencia recogida, obtener la opinión de mi equipo sobre la escena para actualizar mi informe, y movilizar la unidad a partir de eso. —Deja caer su mirada hacia sus papeles y comienza a ordenarlos dentro de sus respectivas carpetas —. Es el protocolo para el agente principal.

El calor arde en el fondo de la garganta de Anita. No la trajo aquí como su compañera, no como el resto del tiempo, la trajo aquí como cualquier oficial local, su guía.

—Bueno, ¿puedo ayudar en algo?

—Esto es asunto estrictamente del FBI. Burocracia clasificada. —Caio le dedica una sonrisa de disculpa—. No tardaré mucho.

El no tardaré mucho se convierte en horas. Anita espera bajo la sombra con una Coca-Cola de lata y un burrito frío de chorizo y huevo, las sobras del almuerzo de la unidad de crímenes que un amable técnico le ofreció tras la segunda hora de esperar al agente. Probablemente se sintió bastante mal por ella, viéndola sudorosa y sola, haciendo todo lo posible por no ebullir por su indignación. Al final, no consigue alejar sus pensamientos de la actitud cambiante de Caio, si él había planeado que ella esperara tanto tiempo, al menos podría haberle avisado para que trajera un libro.

Anita suspira justo cuando una suave brisa le concede un respiro del calor, observa al equipo del FBI disperso a lo largo de la I-10, como si fueran hormigas en un hormiguero a contraluz del sol. Entre los técnicos que colocan conos numerados y los que toman fotos de la escena, Anita divisa a su agente por primera vez en horas, y está haciendo algo más que un inventario de las pruebas recogidas. Anita no pudo leer del todo su reacción a la confesión de Jim, pero la forma en que estudió detenidamente sus notas y prácticamente corrió a la escena del crimen le permite vislumbrar su proceso: tiene una teoría. Ahora solo necesita encontrar algo entre las pruebas para demostrarla.

Pero ahora que tiene su teoría, ¿por qué no la comparte con ella? ¿Qué pasó con lo de trabajar en el caso como un equipo con la fuerza policiaca local? Batista había estado abierto a compartir todos los detalles del caso con ella hasta que hablaron con Jim. Tal vez él, como ella, no sabe qué hacer con esa información, pero eso no explicaría la cosa extraña que dijo el agente: que había visto cosas inexplicables durante su trabajo, ¿él le cree a Jim? ¿ella misma le cree?

Anita da un gran trago a su Coca-Cola, el jarabe frío y el gas bailan en la parte posterior de su garganta, contempla la I-10 y elimina mentalmente los equipos y vehículos del FBI, dejando solo el vacío habitual del desierto. La tranquilidad entre la arena y los cactus esporádicos se ve alterada, una conmoción de gritos y disparos resuena entre las montañas, seguida del golpe de un cuerpo que cae al suelo y el fragor de un vehículo que se aleja a toda velocidad. Al final, lo único que queda es un inquietante silencio.

El rostro de Anita se tensa. No hay espacio en esta visualización suya para una burbuja semi invisible que proteja a los niños, no puede comprender lo que Jim ha dicho, y mucho menos estar segura de creerlo. Por otra parte, no puede explicar las balas de 9 mm impactadas que encontró ayer en la carretera, hoy sigue sin poder explicarlas.

—Siento haberle hecho esperar tanto tiempo, oficial Padmore. —Batista se sienta en el asiento del copiloto con una pequeña caja etiquetada como "Evidencia" en su regazo. Hay algo raro en la calidad de su voz, como si hablara más para sí mismo que para ella.

Para cuando vino a buscarla, el sol ya susurraba sobre las montañas, y el cielo había sustituido su brillante color cerúleo por un pálido cobalto. Anita tuvo que tragarse el enojo que se acumulaba en su pecho cuando el agente solicitó otro viaje de vuelta a la estación. Seguía sin mostrar intención de compartir sus descubrimientos.

—No hay problema. —La mentira sale más seca de lo que ella pretendía, el día anterior había aceptado llevarle por el pueblo y sus alrededores, pero su idea de trabajar con el FBI no había sido la de servir de taxi personal del agente.

—No esperaba que me llevara tanto tiempo encontrar lo que necesitaba —dice, todavía con esa nota distante en su voz, mientras rebusca en la caja de pruebas.

¿Encontrar lo que necesitaba? Así que no solo estaba haciendo una revisión de las pruebas como dijo. Anita estaciona la patrulla delante de la comisaría sin responder. Deja que el silencio de la noche se instale entre ellos, sopesando si debe darle una oportunidad para que se explique o decirle lo que está pensando de él.

—Ahora solo tengo que... —Saca una pequeña bolsa de plástico y se la acerca a la cara—. Comprobar algo.

Antes de que Anita pueda decidir cómo reaccionar, el agente abre la puerta de la patrulla y se baja.

Con la boca abierta, Anita ve cómo sus pasos apresurados le llevan calle abajo, pasando por delante de la comisaría.

—¿Qué? —La palabra escapa su boca medio indignada, medio sorprendida—. Bueno, basta de cosas raras. —Anita sale de la patrulla, el estruendo de su puerta llena la tranquila calle envuelta en la luz de la luna—. ¡Agente Batista!

Anita sigue sus largas zancadas a través de la calle y a lo largo de la fila de coches con matrículas de fuera del estado. Por fin lo alcanza cuando se detiene frente a un sedán anodino color arena.

—Agente. —Toda la frustración que ha acumulado a lo largo del día tiñe sus palabras—. Por mucho que haya disfrutado de ser su conductora personal hoy, me encantaría saber qué demonios está haciendo.

—Lo sé, lo sé. —Batista saca sus llaves del bolsillo—. Hoy no he sido precisamente comunicativo, ¿verdad?

—Eso es decir poco.

—Perdón. —El agente deja escapar una extraña y nerviosa risa—. Prometo que te lo explicaré todo.

El enojo de Anita se transforma en un curioso enfado al ver cómo el agente abre el maletero de su coche del FBI.

—Hace meses que tengo esta teoría. —Hace una pausa para gruñir luego de abrir el almacén del maletero y retirar la llanta de repuesto—. No se la he contado a nadie, porque cuando lo haga, sé que tengo que estar cien por ciento seguro de que tengo razón.

—¿Tiene algo que ver con lo que Jim nos dijo hoy? —La tensión en sus hombros sede—. ¿Antes de que se fuera?

—Tiene todo que ver con lo que dijo. —El agente saca una lata de galletas, incluso bajo la luz de la luna, la decoloración y las manchas de grasa sobre la lata son evidentes—. No había podido probar mi teoría hasta hoy. —Sostiene la lata entre sus manos y la mira por un momento, levanta la vista hacia Anita, sus ojos marrones evidencian la vacilación que hay en él—. Si estoy en lo cierto, si esta teoría es correcta, tenemos que abstenernos de contársela a cualquiera del buró.

—¿Por qué?

—No sé ni siquiera cómo empezar a explicar esto. Si tengo razón, estoy a punto de pedir muchos recursos bajo un gran escrutinio. —Se muerde el labio, tomándose un tiempo para calcular los riesgos—. Necesitaré un lugar donde podamos trabajar en un informe y construir un caso sólido, lejos de mi gente y de la tuya.

Anita sonríe.

—Puedo arreglar eso.

—Bueno. —Abre la lata para revelar su interior: una cinta Betamax, una vieja tarjeta de identificación y una bolsa de evidencia idéntica a la que trajo de la escena del crimen esa tarde.

Anita ladea la cabeza, tratando de distinguir lo que hay dentro de la bolsa de evidencia, está demasiado oscuro para ver, así que echa mano de la linterna que lleva en la cadera.

—Gracias —susurra el agente mientras toma las dos

bolsas de evidencia y las coloca bajo la luz amarilla de su linterna.

Son casquillos de bala. Ambos están usados y no parecen más que pequeñas piezas de dos rompecabezas diferentes. Al mirarlas de cerca, las balas tienen un patrón de impacto distintivo: sus puntas parecen dos medias lunas cobrizas. Es como si hubieran impactado contra una esfera, o una burbuja.

SIETE

Los domingos por la noche la casa azul está ocupada con preparativos para la semana que se avecina, así que no es de extrañar que la luz del porche esté encendida cuando Anita estaciona su camioneta en la entrada, y Caio le sigue en su sedán. Las cortinas del ventanal están corridas, pero aún puede imaginarse a Mami agachada sobre sus temarios en su oficina en el segundo piso mientras Abue se afana en la planta baja, preparando la cena y terminando de lavar la ropa.

No es precisamente el lugar más tranquilo para repasar evidencia sensible, pero cuando Caio pidió un lugar privado lejos del resto de las fuerzas policiacas y los chismosos locales, el único lugar seguro en el que Anita pudo pensar fue su hogar. La casa con la fachada azul oscuro se encuentra casi en el límite de Fabulous, lo suficientemente cerca como para poder hacer viajes cortos a la iglesia y a la escuela de Mami, pero lo suficientemente lejos como para no tener vecinos y espacio extra para criar gallinas.

—Aquí es —Anita dice después que Caio sale de su coche y se reúne con ella.

El agente echa un largo vistazo a la casa de dos pisos, su mirada se detiene en el olmo con el columpio de cuerda en la parte delantera de la casa.

—Es muy bonita.

—Es la casa de mi madre... M-me he vuelto a mudar. —Anita escupe al pensar cómo suena una persona de casi treinta años que vive con su madre—. Tuve mi propia casa después de la universidad, pero con mis planes de traslado, la dejé.

Caio ríe.

—No te iba a juzgar, ¿sabes?

El calor ruboriza sus mejillas, pero aun así sonríe.

—Bueno, no será exactamente privado, pero mi madre y mi abuela nos darán espacio para trabajar.

—Es perfecto. Déjame tomar mis cosas.

El porche blanco con su banco y macetas variadas y campanas de viento las recibe primero, el olor del jazmín que florece por la noche llega antes de que suban los tres escalones de madera. Una luz cálida salpica el porche cuando Anita abre la puerta.

—¿Mami? ¿Abue? —Anita cuelga las llaves en su gancho habitual después de indicarle a Caio que puede dejar su caja junto a la puerta—. Ya llegué —añade con voz cantarina mientras mete su revólver y su placa en la pequeña caja fuerte que la familia guarda junto a la puerta para ella, una práctica aprendida de la época de su padre.

—¿Y ahora tú? —La voz de Abue llega desde la cocina —. No se habla inglés en la casa. —Imita el tono cantarín de Anita para esta última parte.

Anita se ríe del regaño de su abuela, aunque no había muchas reglas en su casa cuando crecía, una de las más importantes era "no se permite hablar inglés en la casa". Una vez que Anita y su madre cruzaban la entrada de la casa azul, Abue se encargaba de insistir en que solo hablaran en español, era su manera de asegurarse de que no lo perdieran ni olvidaran de dónde venían.

Había una sola excepción a la regla, recuerda Anita con una sonrisa.

—Tengo visitas, Abue.

—¿Visitas?

El tono ligeramente emocionado en la voz de Abue calienta el corazón de Anita, si hay algo que a Abue le gusta más que los domingos o sus géneros de jazmín y petunias en el porche, es ser anfitriona.

—Oh, pasen, pasen. —Abue se asoma desde la cocina, todavía secándose las manos en un paño de cocina—. ¿A quién tenemos aquí?

—Abue, este es el agente especial Batista. Estamos trabajando juntos.

—Ah agente, encantada de conocerle. —Abue ofrece su mano.

—El placer es mío, señora Padmore. —Le estrecha la mano.

—Ay no —se ríe Abue—, Padmore era el difunto

padre de Anita. Somos Guerrero, pero puede llamarme Constanza.

—Bueno, en ese caso, puede llamarme Caio.

—Qué nombre tan bonito, ¿es, cómo se dice, un nombre americano?

—No —dice con una risa—, portugués, mi familia es de Brasil.

—Ah. —Asiente Abue con conocimiento de causa, como si hubiera estado esperando una respuesta similar—. Latino, buen trabajo y muy guapo, ¿eh? —Sus cejas se levantan, anticipando una pregunta—. ¿Soltero?

Caio se echa hacia atrás con una risa.

—Sí, soltero.

—¡Abue! —El calor sube a la cara de Anita desde el cuello.

—¿Qué? Él está soltero, tú estás soltera. —Ella balancea sus manos de lado a lado, sopesando su estado civil.

Una risa viene de la escalera mientras Mami las baja.

—Ay, mamá, siempre la celestina. —Mami lleva su ropa de descanso: una camiseta de los Rolling Stones demasiado grande, deslavada, combinada con una pantalonera y sus gafas de montura fina. Se acerca a Anita para recibirla con un beso en la mejilla—. Hola, cariño, estaba arriba corrigiendo tareas cuando te oí entrar. —Se vuelve hacia Caio y agita una mano en el aire—. Hola, soy la mamá de Anita, Maricela.

—Encantado de conocerle. Caio Batista —dice él con una sonrisa suave.

Anita observa cómo se dan la mano, y el intercambio

hace que su corazón se acelere, ¿tiene un repentino deseo que su familia lo acepte? La última vez que trajo a un chico a casa, probablemente era una estudiante de primer año en la universidad, y elegía mal a sus parejas. Fueron unas navidades terribles en el hogar Padmore-Guerrero.

Mami mira a Caio con un brillo maternal en los ojos.

—Es un placer conocerle, Caio, ¿va a cenar con nosotros?

—Tenemos un poco de trabajo que hacer —responde Anita—, pero creo que podríamos comer y trabajar en el garaje.

—¿Trabajarán hasta la madrugada? —pregunta Mami.

—Más o menos —admite él—, espero que no sea una molestia.

—Para nada —dice Mami—. Por favor, siéntase como en casa.

—Bueno. —Abue junta las manos, dando por terminada su pequeña reunión en el pasillo—. Si van a trabajar, será mejor que nos quitemos de en medio. Les haré algo de comer y pondré café de olla, ¿eh?

—Suena excelente. Gracias, Constanza, Maricela. —Caio les asiente con gratitud.

—Es un placer. —Abue sonríe antes de dirigirse a Mami—. Mija, ayúdame en la cocina, ¿si?

—Claro, con permiso. —Mami le hace un rápido guiño a Anita antes de seguir a Abue, seguramente para chismear y no tanto porque Abue necesite ayuda.

El calor florece en sus mejillas, Anita se gira y encuentra a Caio mirándola. Él sonríe, mostrando un hoyuelo en la curva de su mejilla.

—Eso fue adorable.

—Ya, no te pases de listo. —Anita pone los ojos en blanco, con una risa burlona en los labios—. Todavía no te has librado.

Caio levanta ambas manos en señal de rendición, pero la risa permanece en sus profundos ojos marrones.

—Tienes razón. Prometí explicar todo sobre este caso.

—Incluyendo lo que hay en esa cinta. —Señala la caja de pruebas con la lata de galletas asomando en la parte superior.

—Empezando por lo que hay en esa cinta, ¿hay algún lugar donde podamos reproducirla?

—Tengo un viejo televisor con reproductor Beta en el garaje. Vamos.

Una vieja y solitaria bombilla es la única fuente de luz de la que disponen en el garaje. Su débil y pálida luz azul atrae a las polillas, y sus sombras hacen que la luz parpadee sobre el espacio multiusos. A lo largo de los años, el garaje ha pasado de sala de juegos a estudio de universitarios, a almacén y a cobertizo de herramientas. El viejo televisor y el reproductor Beta de Anita descansan sobre una mesa de trabajo que utiliza ocasionalmente para arreglar pequeños electrodomésticos y trabajar en uno que otro proyecto de mejora del hogar. Ese viejo televisor y el reproductor le recuerdan a Anita sus días de universidad, cuando volvía a casa desde Austin y se pasaba todas las noches de verano viendo películas en el garaje para no perturbar el sueño de su familia.

Cuando baja los escalones que conducen al garaje desde la casa, Anita encuentra a Caio todavía preparándose. Ha colocado un par de sillas plegables frente al pequeño televisor y trabaja encorvado sobre el reproductor Beta, manobrando cables y cintas. Le dejó que empezara mientras ella se tomaba un momento para refrescarse, un momento que se convirtió en una muy necesaria ducha. Anita eligió un look civil más cómodo: camiseta negra de tirantes, pantalones cargo verde militar y su largo cabello ondulado al aire en lugar de recogido en un chongo.

Anita se queda en el rellano sin que Caio se percate aún de su presencia, todavía ocupado en montar el reproductor Beta. Se ha quitado la chaqueta del traje y la corbata y se ha arremangado su Oxford azul marino. La forma en que la camisa le envuelve los hombros atestigua su ancha espalda y su fisionomía atlética. El calor le recorre el estómago y su mirada se dirige a los fuertes antebrazos del agente, ¿cómo se sentiría si esos brazos la rodearan?

Anita sacude la cabeza y se aclara la garganta para anunciar su presencia en la habitación.

—Ah, oficial, has vuelto —dice Caio sin levantar la vista de su tarea—. Empezaba a pensar que me estabas dando a probar de mi propia medicina.

—¿Yo? Oh, no. —Anita sonríe—. Simplemente te estaba cobrando mi tiempo. Aquí pagamos el tiempo con tiempo.

—¿Ah sí? ¿Y ya está pagada mi factura?

—Veamos, esperé tres horas en la escena del crimen y me tomé una para ducharme. Si sumas y... No, lo siento, todavía me debes dos horas.

Caio ríe.

—Me aseguraré de saldar esa deuda, entonces. —Se agacha y sopla dentro del reproductor Beta para limpiarle el polvo.

—¿Todo bien? —Anita se asoma por encima de su hombro—. Por favor, no me digas que está descompuesto.

—No, solo necesitaba un poco de limpieza. —Caio se da la vuelta, su expresión relajada desaparece de su rostro cuando la ve, sus labios se separan, pero ninguna palabra sale de ellos.

Anita no puede evitar una sonrisa. Se aparta un mechón de cabello negro de la cara, pasándoselo por detrás de la oreja.

—Entonces, ¿estamos listos?

Él traga saliva como si hiciera tiempo para encontrar su voz.

—Sí, no, ya estamos listos.

—Genial. Empecemos, entonces.

Eligiendo la silla plegable más cercana a ella, Anita se sienta, dispuesta a escuchar los prometidos detalles del caso que nadie más ha escuchado.

Caio respira hondo y opta por colocarse junto al televisor.

—Sabes que el año pasado se llevaron a cinco pacientes de un hospital infantil de Nueva York. Creemos que fue el primer secuestro que cometió este grupo. —Se da la vuelta y coge la vieja lata de galletas, estudiándola mientras la sostiene entre sus manos con la mirada perdida—. Verás, los casos de secuestro se han complicado porque los hombres de negro han aprendido a mantenernos alejados de su rastro. Tienen gente dentro de los hospitales que borra la información de los pacientes o engaña a las fuerzas locales, ¿pero en aquel entonces? Dejaron registros de pacientes después de aquel primer secuestro en Nueva York.

Caio abre la lata para revelar lo que se esconde dentro una vez más: los dos casquillos de bala envueltos cuidadosamente en bolsas de pruebas, una especie de tarjeta de identificación y la cinta Betamax. Recupera la tarjeta de identificación y se la entrega con sumo cuidado.

Anita sostiene la tarjeta enmicada y una punzada en el pecho se agudiza, un niño con la cabeza afeitada la mira desde la foto tamaño infantil. Su sonrisa chimuela sugiere que no podía tener más de ocho años cuando se la tomaron.

—Richie Oliveira —dice Caio, la pronunciación del nombre sale de su boca con la facilidad que le da su lengua materna—. Tenía siete años cuando le diagnosticaron leucemia, se lo llevaron apenas unos meses después de ingresar en el hospital infantil Schneider.

Anita hace una mueca. Igual que Gaby, pero él era mucho más joven, mucho más vulnerable. Lo que Gaby ha visto, Richie también lo ha visto.

—Después de ver su expediente, no pude apartarme del caso. Me ofrecí como voluntario para unirme a los HRT y acabé dirigiendo la unidad. Mientras buscábamos a esos cinco primeros niños, descubrimos más secuestros. —Caio sacude la cabeza—. Pero resulta que Richie nunca salió de Nueva York.

Anita frunce el ceño, se toma un momento para imaginar la frenética búsqueda que el FBI realizó por todo el país, solo para terminar en el mismo lugar donde empezaron. Se da cuenta de algo aún más triste: si Caio ha guardado estos materiales de prueba tan cerca de él, escondidos en el maletero de su coche del FBI, está cargando con algún nivel de vergüenza sobre este caso.

—Nunca lo encontraste, ¿verdad?

Sacude la cabeza, con el peso del fracaso grabado en su rostro.

—Llegamos demasiado tarde, la organización tenía un centro médico improvisado en un almacén de Nueva York donde tenía a sus rehenes. No estoy seguro de si el equipo médico que encontramos en la instalación era solo para mantener vivos a los niños o algo mucho más siniestro, tampoco sé si la instalación era un lugar para realizar operaciones de tráfico humano, pero cuando llegamos allí, todos se habían ido. Encontramos archiveros a los que habían prendido fuego y cintas de video destrozadas por todas partes, pero descubrimos una cámara de video con un casete en mejor estado que el resto. —Caio vuelve a meter la mano en la lata y saca la cinta Beta—. La mayoría de las grabaciones estaban corrompidas, pero después de semanas de trabajarlas, conseguí recuperar esto.

Caio introduce la cinta en el reproductor, unos segundos más tarde, las imágenes granuladas sustituyen a la pantalla azul. Las imágenes de un almacén en penumbra parpadean sobre la pantalla, y un niño pequeño con una bata color menta se convierte en el centro de la toma. Incluso bajo la escasa luz del almacén, Anita lo reconoce, aparte de los cortos rizos negros y despeinados, el niño de la pantalla tiene un parecido inconfundible con Richie Oliveira.

Richie está de pie frente a una mesa en la que descansan dos pilas de papeles ordenados, al principio, parece como si Richie estuviera simplemente congelado, mirando esos montones de papeles, y Anita se pregunta si el video ha dejado de reproducirse. Pero entonces, hay movimiento en la pantalla, una sola hoja se desplaza por encima de una de las pilas. Se agita como si una suave brisa acabara de entrar en la habitación y luego vuelve a asentarse. La expresión de Richie se endurece entonces, sus hombros suben y bajan con su respiración agitada. Con un único y frustrado movimiento, levanta su puño cerrado en el aire, abre la mano delante de él y las hojas de papel blanco salen despedidas de la mesa, como si una ráfaga de aire torrencial acabara de irrumpir en la escena.

Anita suelta un soplido, ¿acaba de ver eso realmente? ¿Acaba de presenciar cómo un niño pequeño hace volar una pila de papeles como si fuera una especie de Darth Vader de la vida real?

La pantalla de su televisor vuelve a ser azul y Caio se acerca para apagarlo. Anita se vuelve hacia él y simplemente ladea la cabeza, confundida.

—Cuando dije que había visto cosas extrañas en este trabajo, me refería a esto —dice—. No estoy seguro de cómo explicar lo que acabamos de ver. Ni siquiera estoy seguro de que haya una explicación para ello.

Anita se inclina hacia delante en su silla.

—Tiene que haber una explicación. —Se muerde el labio inferior—. ¿Podría ser el viento? Tal vez se abrió una puerta o... No lo sé.

—Yo también he pensado en el viento. Volví a ese almacén para investigar un poco más, encontré la habitación del video, pero no había ventanas ni ductos de ventilación. Nada.

—¿Podría ser un montaje? —Anita dice, a pesar de no estar del todo convencida de esta explicación.

Caio niega con la cabeza.

—No puedo decirte cuántas veces he visto este video tratando de encontrar una explicación. No importa cuántas veces lo vea, la bata de Richie no se mueve; tampoco se le mueve el cabello. No había ningún viento que pudiera haber hecho volar los papeles de esa manera.

Un silencio pesado impregna el garaje, los hechos incompletos rebotan en la mente de Anita, como si estuviera mirando un rompecabezas al que le faltan piezas, ¿cómo explicar los treinta segundos de grabación que acaba de ver? ¿Cómo atreverse a decir lo que aparentemente es obvio? Suena absolutamente ridículo. Anita vuelve a mirar a la lata de galletas donde las dos balas aún descansan con sus propias marcas de impacto. Las palabras de Caio resuenan en su mente: Y puede que hayan sido locuras, o puede que no hayamos descubierto aún cómo explicarlas.

Las palabras la abandonan como una lenta exhalación.

—Entonces, ¿estos niños tienen superpoderes? —Se obliga a mirar de nuevo a Caio, esperando que esto no sea una especie de broma de mal gusto—. ¿Como en esa película? ¿*Carrie*?

Caio deja escapar un fuerte suspiro.

—No lo sé.

—¿Nadie más lo sabe?

Niega con la cabeza.

—¿Por qué se lo ocultarías al FBI? ¿No tienes que informar a tus superiores de cualquier tipo de novedad importante?

—Técnicamente, sí. Pero ¿por dónde iba a empezar? —Se rasca la barba—. ¿No suena ridículo afirmar que Richie tiene algún tipo de habilidad supernatural?

—Sí, pero ¿puedes negar lo que aparece en esa grabación?

—No, no puedo. —Caio arruga la frente—. Incluso si voy a mis superiores con esto, ¿cómo podría realmente utilizar los recursos del buró para acelerar la investigación?

—Bueno, ¿cómo lo harías si fuera cualquier otro caso?

—Si este fuera cualquier otro caso de tráfico, escribiría un informe detallado. Haría un resumen de todos los hechos y explicaría por qué el equipo que tengo en el momento no es suficiente. Tendría que detallar exactamente lo que necesito para avanzar en nuestra investigación, como más personal y un equipo de expertos.

—¿Y por qué no hacer eso?

—Porque necesito saber exactamente qué pedir, ¿solicito un equipo de expertos en superpoderes?

—Quizá eso no, pero ¿qué tal más equipos de búsqueda? Podrías tener un segundo equipo acuartelado en otro lugar para ampliar el radio de tu investigación. Tal vez podrías conseguir técnicos de video que pudieran analizar este material y encontrar algo que se nos escapa.

Caio lo considera por un instante, pero al final sacude la cabeza.

—No puedo escribir ese informe todavía, oficial Padmore; afirmar que hay una organización que secuestra niños con superpoderes sin pruebas irrefutables podría hacer que me echen del caso e incluso que me degraden y alejen de la división de rescates.

"No puedes hacer esto solo", Anita siente que las palabras le arden en la punta de la lengua, pero se las traga, en lugar de eso, observa cómo Caio se da la vuelta para recoger toda la evidencia y volver a ponerla en su escondite.

—No estoy tratando de encontrar una explicación para esto por mi ego o incluso por mi carrera. No puedo alejarme de este caso ahora. No mientras Richie sigue lejos de casa y se llevan a más niños como él cada mes.

Un suspiro se acumula en el pecho de Anita, sea cual sea la razón por la que Caio ha caído hoy en su extraño trance investigativo, tiene que ver con Richie.

Caio cierra la lata con un chasquido metálico.

—He visto a gente como yo ser retirada de casos por mucho menos. —Caio le devuelve la mirada. Su piel morena brilla por el sudor bajo la pálida luz azul del garaje—. Sé que lo entiendes.

Un peso fantasma se asienta en su pecho. Claro que lo

entiende, si no, ¿por qué intentaría que la trasladaran fuera de un lugar que ama?

A Caio se le escapa una risa amarga. Es un sonido que parece extraño viniendo de él.

—Sé lo que debes pensar de mí. Es egoísta guardar esta evidencia para mí, es una tontería encariñarse tanto con una víctima. Y lo sé, pero no puedo distanciarme de este chico. —Suspira—. Los padres de Richie vienen de Río de Janeiro, como los míos.

El calor se revuelve en el estómago de Anita.

—Te equivocas.

Anita se levanta y acorta la distancia entre ellos. ¿Cómo podría culparle por preocuparse tanto por Richie?

—No creo que seas egoísta, ni tonto. Solo creo que te importa.

Da un paso adelante, colocándose tan cerca de Caio que percibe su olor a arcilla, como la tierra seca que suplica beber antes que caiga una tormenta.

—No puedes resolver este caso solo, Caio. —La voz de Anita es firme a pesar de la aceleración de su corazón—. Claro que puedes escribir ese informe; solo tienes que venderlo de otra manera. No tienes que mencionar las habilidades de Richie, solo las imágenes que has recuperado. Deja que tus superiores saquen sus propias conclusiones mientras tú obtienes las manos que necesitas para avanzar en esta investigación.

—Tendría que ser un informe increíble para siquiera llamar su atención.

Anita se acerca para tomar su mano, su contacto es

eléctrico, enviando una cálida corriente por todo su cuerpo.

—Entonces tienes suerte de que esté aquí para ayudarte.

Él mira hacia abajo, contemplando el suave agarre de su mano sobre la suya. Su mirada vuelve a dirigirse a su rostro, explorando la cercanía de su cuerpo.

—Está bien.

Sus ojos se encuentran, y en esos ojos de bronce, Anita halla un hambre, como la fresca promesa de un nuevo día al amanecer sobre las montañas del desierto. Un revoloteo se despierta en su interior cuando el rostro de Caio se acerca. Se inclina con repentina necesidad, rozando sus labios con los de él, sus sentidos se despiertan en un estremecimiento que llena su cuerpo. Anita lo guía en un beso que explora su necesidad de conexión, orientada por el sabor del café, la cáscara de naranja y las especias.

Se queda sin aliento cuando se separan, echando de menos la calidez de sus labios sobre los suyos casi al instante.

Con sus brazos aún envolviéndola por la cintura, Caio dibuja una sonrisa de satisfacción en su rostro.

—No voy a poner eso en mi informe, oficial.

Anita deja escapar una carcajada.

—Creo que ahora puedes llamarme Anita.

Brindan con botellas de cerveza fría.

Rodeados por el frío de la noche, Anita y Caio se sientan en el banco del porche después de unas horas agotadoras frente a la máquina de escribir que Mami tiene en su despacho. Se han turnado para escribir el informe, pero la idea de celebrar con un seis de Modelo fue de Anita.

—Por un trabajo bien hecho. —Caio levanta su bebida hacia ella—. Solo queda enviar el informe por fax mañana a primera hora.

—Por suerte —Anita mira su reloj de pulsera—, faltan pocas horas para la mañana.

—Entonces todo estará en manos del buró. —Caio se queda mirando al cielo, con una duda evidente aún presente en su rostro.

Anita sigue su mirada para encontrar una luna creciente. Cuelga baja en el cielo, arrojando su brillante luz sobre la oscuridad de la noche como una puerta que se deja entreabierta.

—Todo va a salir bien —dice Anita—. Tenemos un argumento bastante sólido. Estoy segura de que al buró le costará rechazarnos.

Una suave sonrisa se extiende por el rostro de Caio. Da el último trago a su primera cerveza con un suspiro.

—Están excelentes. —Gira la botella para leer la etiqueta bajo la luz del porche.

—Que bueno que te gusten. —Anita deja su propia botella tras otro sorbo—. Me gusta tener un seis en el refrigerador del garaje. Es agradable tomar una cerveza después de terminar proyectos allí.

—¿Qué tipo de proyectos?

—Varias cosas, a veces mejoras del hogar, carpintería. Otras veces arreglo nuestros coches.

Caio inclina la cabeza hacia un lado.

—¡Así que eres toda una mecánica!

—Se podría decir que sí. —Anita se ríe—. Hice esta banca yo misma, ¿sabes?

—¡Bien hecho! —Se toma un momento para admirar su trabajo en madera—. ¿Cuándo aprendiste a hacer esto?

—En mis dos últimos años de preparatoria. Estaba en el club de carpintería.

—Impresionante, y aún más impresionante que aún lo hagas. —Se inclina hacia ella con un suave empujón—. He olvidado casi todo lo que aprendí en la preparatoria.

—Supongo. —Anita levanta un hombro, dándose cuenta de que hace mucho tiempo que no le cuenta a nadie acerca de sus hobbies—. A algunas personas les pareció raro.

—Pues a mí me parece genial. —Golpea el descansabrazo de la banca con sus nudillos—. No hay nada como hacer algo desde cero.

—¿También hiciste trabajos de madera?

—No, nunca me han gustado mucho las herramientas. —Se ríe—. Sé cómo arreglar un inodoro y puedo al menos cambiar el aceite de un coche, pero eso es todo.

—¿Entonces, deportes? —Anita se endereza, la curiosidad sobre el pasado de Caio crece en su mente.

—No, no soy muy deportista. Pasé la mayor parte del tiempo en otros clubes.

Anita ladea la cabeza.

—¿Cómo qué?

Él echa la cabeza hacia atrás con una carcajada, y Anita podría jurar que un visible rubor brilla en sus mejillas.

—¿Qué?

Él sacude la cabeza.

—Estoy demasiado sobrio para decirlo.

—Podemos arreglar eso. —Ella mete la mano bajo el banco y saca otra botella de cerveza para entregársela.

—Ok, ok. —Él abre su segunda cerveza y da un trago—. Yo iba al club de teatro.

—No, ¿de verdad? —Una sonrisa recorre su voz mientras intenta imaginarse a Caio en un escenario—. ¿Y qué hay de malo en eso?

Él se encoge de hombros.

—No lo sé. A algunas personas les pareció raro.

Anita frunce el ceño ante eso.

—¿Por qué les parecería?

Caio lo piensa un momento.

—Estaba demasiado metido en el asunto, supongo. —Da otro trago a su cerveza y se le escapa una sonrisa—. Fui elegido para todas las obras que sacaba mi escuela, incluso durante el verano. Puedes nombrar cualquier obra de preparatoria, y probablemente estuve en ella. Vamos, inténtalo.

Anita busca entre sus conocimientos de obras escolares.

—¿*Our Town*?

Asiente con la cabeza:

—Yo era el padre de George.

—*Sueño de una noche de verano.*

—Hice de Snug.

Anita se ríe.

—¿No tiene como un solo diálogo?

Caio pone su mano sobre el pecho en señal de ofensa.

—Snug tiene cuatro diálogos, muchas gracias, y acerté cada uno de ellos.

—¿Cuál fue tu papel más importante?

—*Bye Bye Birdie*. —Se apoya en la banca, con la nostalgia brillando en sus ojos—. Fui Conrad.

—Vaya, un musical. Todos esos diálogos cantados.

—Sí, y también me lo tomé muy en serio. —Una risa apagada sale de sus labios—. Quería estar en Broadway.

Anita ladea la cabeza.

—Hm.

—Hay una larga desviación entre Broadway y el FBI, ¿eh?

—Un poco.

Se sientan en un silencio evocador, la noche murmura con una brisa fresca que hace crujir las hojas del olmo en el patio. Anita cruza los brazos sobre el pecho, abrazándose a sí misma para superar su piel de gallina.

Caio se remueve en su asiento, se quita la chaqueta y se la ofrece.

—Gracias. —Ella se ajusta la chaqueta alrededor de los hombros, el olor de su colonia persiste en la tela—. ¿Te arrepientes?

—¿De entrar al FBI? No. —Una sonrisa pensativa bordea las comisuras de su boca—. Mi familia vino a este país buscando mejores oportunidades, y fue difícil adaptarse. Siempre me sentí como un forastero, a pesar de haber nacido en Nueva York. Pero tuvimos una gran comunidad al crecer, ¿sabes?

A Anita le duele el pecho con el recuerdo de su llegada a Fabulous, después de perder a su padre por el cáncer, su familia estaba destrozada. Se mudaron de su casa en El Paso, buscando un nuevo comienzo, y Anita no se imagina lo difícil que hubiera sido esa época si no hubieran tenido el apoyo del pueblo.

Caio sonríe.

—Esa gente no nos conocía, pero aun así nos hicieron sentir que estábamos exactamente donde teníamos que estar. —Da otro sorbo a su cerveza—. Cuando llegó el momento, decidí que quería devolverle algo a mi comunidad, protegerla, pero también quería encontrar un lugar donde no tuviera que ocultar quién soy. El FBI me dio eso.

—¿De verdad? —Anita se toma un poco para procesar esa información—. Supongo que nunca pensé en el FBI de esa manera.

Caio se ríe.

—Tenemos mala fama, con las películas y el secretismo y todo eso, tampoco es un trabajo del que te puedas desconectar, pero encuentras agentes de todo tipo. Creo que todos entendemos que hay fuerza en la diversidad.

Un pensamiento ronda en el fondo de su mente, y se sorprende de lo atractivo que suena todo, el trabajo sonaba tan exigente, pero al oír a Caio hablar del buró ahora le parece una posibilidad profesional y gratificante.

Como si pudiera leer su mente, él se endereza para decir:

—Deberías venir a trabajar con nosotros.

—¿Yo?

—¡Sí! Podría guiarte en el proceso de admisión, conseguir una recomendación de tu sheriff, entre eso y tu experiencia laboral, encajarías a la perfección.

—¿No lo dices por decir?

—Absolutamente no. —Se gira para mirarla de frente—. Sé que tienes ganas de más; el propio sheriff me lo dijo, te he visto trabajar con Gaby como una profesional, y acabas de ayudarme a escribir el que probablemente será el informe más importante de mi vida, ¿cómo no vas a encajar bien?

Un calor le invade el pecho y se da cuenta en ese instante, pensaba que quería trasladarse a Fort Worth, estaba segura hace tres meses, cuando le expresó sus deseos al Sheriff Donner, pero a medida que se acercaba el momento de la mudanza, Anita seguía encontrando excusas para no entregar sus papeles. No era que la vida se interpusiera, sino que no estaba segura de lo que quería, tal vez el problema era que soñaba en pequeño, preocupada por las limitaciones que las fuerzas policiacas imponen al quién es y de dónde viene. Tal vez quería algo más que empezar de cero, como policía de a pie en una ciudad un poco más grande.

—Serías una gran agente, Anita. —Caio sostiene sus manos entre las suyas—. Solo prométeme que lo pensarás.

Anita asiente.

—Lo pensaré.

Una suave sonrisa se dibuja en los labios de Caio, se echa hacia atrás en su asiento con un brazo estirado sobre el respaldo de la banca y la invita a apoyarse en él con una mirada.

Acurrucada bajo el calor del cuerpo de Caio, Anita respira el momento, pero su disfrute se esfuma demasiado pronto. Hay ruido dentro de la casa, ¿es el teléfono que suena a las tres de la mañana? Anita se endereza y ve el aura de la luz del pasillo que brilla a través de las cortinas del ventanal.

—¿Qué pasa? —Caio se gira también para investigar.

—No lo sé —susurra Anita, concentrándose en los pasos que se acercan a la puerta.

Sale su madre, envuelta en una bata, con el pelo oscuro recogido en rulos y el rostro fruncido por la inquietud.

—Mija —su voz seca está cubierta por la preocupación—. Kelly está al teléfono. Algo va mal en el hospital.

Dentro de la casa azul, guiada por la débil luz de la campana de la cocina, Anita levanta el auricular del teléfono que cuelga de la pared.

—¿Bueno?

—¡Anita! —La voz sollozante de Kelly está llena de pánico—. Estoy en el hospital. Deberías venir aquí. Ella... No sé qué ha pasado. Necesito que vengas.

Un pozo se abre en el estómago de Anita, sus sentidos se ponen en alerta máxima.

—Más despacio, cariño, no entiendo.

Hay un frío silencio al otro lado de la línea.

—Gaby se ha ido.

ADIÓS, FABULOUS

UNO

GABY SE HA IDO. ESAS FUERON LAS ÚLTIMAS PALABRAS QUE Kelly pronunció por teléfono, ¿habían vuelto los responsables del tiroteo de la I-10? Y si lo habían hecho, ¿cómo sabían dónde encontrarla? Más preguntas pasan por su cabeza mientras cuelga el teléfono, se esfuerza por dar una explicación a Caio mientras coge su revólver y su placa de la caja fuerte. Antes de darse cuenta, se despiden rápidamente de su madre y montan en sus respectivos vehículos. El trayecto hasta el hospital le pasa por delante como una niebla de preocupación.

La lánguida luz de la luna traza débiles hilos sobre el estacionamiento del hospital, el frío de la noche la recibe al bajar de su camioneta y tiene que subir la cremallera de la chaqueta que tomó antes de salir de casa. El portazo de la puerta del sedán de Caio la alcanza, pero hace poco para disuadirla de contemplar la escena que tiene delante.

El hospital nunca ha tenido un aspecto tan angustioso, su letrero de neón se ha apagado y tras sus ventanas solo se distingue el miserable brillo de las luces de emergencia. El generador defectuoso de esta mañana ha fallado finalmente. Una patrulla y cuatro vehículos del FBI están estacionados sin rumbo alrededor de la entrada de emergencias, ¿ha llamado el hospital a la comisaría?

Anita se apresura a entrar en la oscura sala de espera con el tintineo de los zapatos de vestir de Caio acompañando su paso. Un ambiente de urgencia les recibe justo en el umbral.

Una enfermera se precipita hacia ellos desde algún lugar de la oscuridad con un portapapeles en una mano y una linterna de bolsillo en la otra.

—¿Es una emergencia? —Anita apenas reconoce la voz nerviosa de Amanda Harris, una amiga íntima de Kelly—. Si no, van a tener que esperar, tenemos las manos llenas esta noche…

—Amanda, soy Anita, ¿has visto a Kelly?

—¡Oh, gracias a Dios! —Amanda se cubre el pecho con el portapapeles, reconocerla suaviza su tono—. Me alegro mucho de que no sea una paciente, nuestro generador principal explotó, y este lugar es una locura. Kelly está en la estación de enfermería, ¿sabes dónde está?

—Sí, la buscaré allí. Gracias, muñeca.

—¡Agente Batista! —Amanda no ha desaparecido del todo detrás del acordonado de emergencias que rodea el hospital, cuando dos agentes del FBI les hacen señas desde el otro extremo de la sala de espera.

—Déjame hablar con mi gente mientras encuentras a Kelly—. Caio le susurra al oído, la calidez de su voz ondulando sobre su piel—. Te alcanzo allá.

Con el corazón latiendo a toda velocidad, Anita se dirige a la oficina de las enfermeras mientras el personal médico pasa por delante de ella siguiendo un claro protocolo de apagón. Capta fragmentos de conversaciones preocupadas sobre el traslado de muestras médicas entre refrigeradores defectuosos y pacientes que necesitan atención urgente, pero la mente de Anita se ve sacudida por su propia emergencia: La voz de Kelly, cargada de miedo, a través del teléfono sigue resonando en sus huesos.

Anita se detiene frente a la habitación donde Kelly le había mostrado la bata de Gaby hace solo dos días. Sin molestarse en llamar a la puerta, entra en la habitación y la encuentra envuelta bajo la turbia luz azul de los refrigeradores que siguen conectados al generador de emergencia, incluso con la escasa iluminación, Anita reconoce la silueta de Kelly mientras hace inventario de las muestras que hay refrigeradas, pero incluso con solo mirar su trabajo se da cuenta de que algo va mal.

—¿Qué pasa ahora? —La voz de Kelly sale temblorosa, como si hablara a través de una mala frecuencia de radio—. No hay más espacio para muestras aquí.

Anita traga saliva a través de un nudo en la garganta.

—¿Kel?

Kelly se vuelve al oír su voz, y a Anita se le hace un nudo en el estómago: su amiga lleva su bata habitual, un brazo izquierdo vendado y un labio roto.

—¡Dios mío, Kelly! —Anita se apresura a darle un tierno abrazo justo cuando la cara de Kelly se encoge, un anticipo de las lágrimas que están a punto de brotar de sus ojos—. Oh, cariño, ¿qué pasó?

Entre las lágrimas de ambas, Anita ayuda a Kelly a sentarse en una silla cercana y busca rápidamente en las mesas de trabajo hasta encontrar una caja de pañuelos ya abierta.

—Gracias. —La voz de Kelly es un susurro, apenas se escucha por encima del zumbido de los refrigeradores que recubren la pared del fondo.

Apoyada en una mesa de trabajo, Anita ve de frente a su mejor amiga desde hace quince años mientras contiene el impacto de verla tan vulnerable.

—No sé ni cómo explicar lo que pasó —dice finalmente Kelly después de sonarse la nariz.

—Está bien, cariño. Tómate tu tiempo.

Kelly aplasta su pañuelo usado en una bola, perdiendo la mirada en la nada por un momento.

—¿Conoces a Janice? Bueno, me dijo que su bebé ha tenido cólicos últimamente. La pobre está agotada y le vendría bien pasar una noche con su bebé, pero no había nadie disponible para cubrir su turno de noche. —Kelly se tomó un momento para resoplar, dando rodeos—. Así que me ofrecí.

Sin querer apresurarla a hablar del incidente, Anita le ofrece una sonrisa alentadora.

—El turno estuvo tranquilo hasta la medianoche. Alguien llamó un código azul desde Cuidados Intensivos: un paciente estaba entrando en paro cardiaco. —Kelly se lleva una mano para masajearse el pecho en su lucha entre hablar y volver a llorar—. Era Gaby.

A Anita se le encoge el corazón. Las palabras "Gaby se ha ido" se rompen en su interior, suponía que a Gaby le había pasado algo, pero su mente no pensó ni una sola vez en que la chica muriera de un infarto. Estaba estable, hablando con Anita y Caio justo esa mañana.

—Así que entramos y probamos la reanimación cardiopulmonar, pero nada. El doctor Donaldson pidió un desfibrilador y conseguimos que el corazón volviera a latir... —Una sombra cae sobre su rostro, y Anita reconoce la mirada de sus ojos: es el mismo desconcierto que tenía Jim la última vez que habló con ella—. Y entonces algo muy extraño pasó.

Un escalofrío recorre la espalda de Anita, su rostro se frunce cuando la imagen de la bata color menta ensangrentada vuelve a su mente.

—Ni siquiera estoy segura de lo que pasó. —Kelly suelta una carcajada, una carente de alegría o júbilo—. Solo recuerdo que el médico nos llamó para que le dejáramos espacio, y antes de que nos diéramos cuenta, Gaby se sentó en la cama, simplemente gritando. Las luces parpadearon y luego todos estábamos en el suelo. —Sus hombros se levantaron por la respiración agitada—. Fue como si alguien nos hubiera embestido contra la pared. Todos salimos golpeados.

Una secuencia invade la mente de Anita. Al igual que al comparar las balas impactadas, casi idénticas, ella puede ver al personal sanitario de Fabulous volar contra la pared como los papeles del video de Richie.

Un silencio pesado envuelve la sala. Kelly se lleva la mano buena a la boca para morderse las uñas, un hábito nervioso que Anita no había visto en su amiga desde que le pidió que le leyera sus resultados de las pruebas de enfermería.

—¿Kel? —Anita se arrodilla frente a su amiga—. ¿Qué pasó con Gaby?

Kelly consigue mirarla a los ojos por un instante antes de morderse el labio. Su voz sale contenida, callada:

—Pensarás que me he vuelto loca.

—No, cariño. Claro que no. —Anita toma la mano sana de su amiga entre las suyas—. Puedes decírmelo.

—Oh, Anita, fue horrible. —La voz de Kelly se entrecorta—. La vi salir de la cama, pero ya no era Gaby. Había mucha sangre saliendo de su nariz y boca, y sus ojos... sus ojos habían desaparecido.

Un escalofrío se instala en el estómago de Anita mientras deja que Kelly llore con otro pañuelo. El puro terror en los sollozos de Kelly se filtra dentro de ella.

Kelly moquea y busca un nuevo pañuelo.

—Debo haberme desmayado porque cuando abrí los ojos, ella ya no estaba. Todo era un caos.

Anita se sienta en el suelo, asimilando lo que Kelly acaba de decir. Intenta imaginarse la cara de Gaby, pero entre la sangre y los ojos perdidos, su mente se atasca.

—Sé que parece una locura, pero sé lo que vi, Anita. Tengo el brazo torcido para demostrarlo. —Kelly señala su brazo herido.

Anita asiente.

—No tienes que justificarte ante mí. Este caso no se parece a nada que haya visto antes. —Su mandíbula se tensa—. No se parece a nada que hubiera creído posible.

—Esa pobre chica. —El tono atormentado de Kelly llena la oficina de las enfermeras—. ¿Alguien le hizo esto?

Sus pensamientos nadan hacia el caso de Richie y el almacén en Nueva York. Caio dijo que lo habían convertido en un hospital, pero ¿cuál era el propósito de ese lugar?

—No estoy segura. —Anita se levanta del suelo—. ¿Quién estaba contigo cuando dieron el código azul?

—Solo el personal del tercer turno: El doctor Donaldson, Marissa y Rachel.

—¿Vieron a dónde fue Gaby?

Kelly sacude la cabeza.

—Nadie lo sabe.

—¿Y el resto del personal? Vi a Amanda y a las otras enfermeras cuando llegué.

—Las llamaron por el apagón. Llegaron después de que ella se fuera.

La mente de Anita se apresura a pensar dónde puede haber ido Gaby, ¿simplemente se fue? Se rasca el costado de la cabeza, casi renunciando a encontrar una explicación, ¿cómo podía una chica que había estado en recuperación tras recibir un disparo levantarse y salir del hospital? Pero tampoco podía explicar todo lo que había visto y aprendido sobre las víctimas de este caso en menos de veinticuatro horas.

Un murmullo se escucha en algún lugar de la habitación. Anita intercambia una mirada con Kelly, solo para asegurarse de que también lo oye, ambas buscan en la oficina de las enfermeras el origen del sonido.

—Es el sistema de altavoces. —Kelly señala un rincón en el que se ha instalado una bocina.

Anita ladea la cabeza ante la suave estática que se emite en la oficina de las enfermeras.

—¿Qué le pasa?

Un largo y escalofriante chirrido responde en cambio, llevando las manos de Anita a sus oídos para protegerlos. Una conmoción suena fuera de la puerta de la oficina, ¿es gente corriendo en el pasillo? Se oyen voces fuertes, ininteligibles, pero en clara alarma.

Kelly se pone en pie.

—Algo va mal. —Se dirige a la puerta.

—Espera. —Anita se interpone entre Kelly y la puerta, con la idea de los siempre misteriosos tiradores de la I-10 pululando por su mente.

Anita desabrocha la funda que lleva en la cadera y coloca una mano firme sobre su Colt Python antes de abrir la puerta. Un pasillo sumergido en una apagada luz púrpura la recibe, ¿de dónde viene esta luz? Mientras sus ojos se adaptan a la penumbra púrpura, el caos fuera de la estación de enfermería envuelve su corazón. La gente se ha reunido en el borde de la sala de espera con conversaciones alarmadas y jadeos.

La ahora familiar silueta de Caio aparece a la vista desde uno de los pasillos adyacentes, la chaqueta de su traje ondeando a los lados mientras se dirige a la sala de espera.

—¡Caio! —Anita le llama por encima de la conmoción y corre para alcanzarle, mientras Kelly le sigue.

Caio se detiene en seco y se gira para mirarla.

—Oh, bien. —No consigue imitar su habitual tono desenfadado—. Encontraste a Kelly.

Anita asiente.

—Pero nadie vio a dónde fue Gaby, ¿podemos desplegar unidades para buscar en los alrededores del hospital?

—No creo que sea difícil localizar a Gaby. —Los ojos de Caio revolotean hacia la sala de espera y vuelven a ella.

—¿Qué está pasando? —pregunta Kelly antes de que Anita pueda siquiera formular la pregunta.

Caio abre la boca para hablar, pero no le sale ningún sonido. Incluso en la tenue luz violeta, la arruga de preocupación sobre su frente habla por él.

—Mejor si les enseño.

Caio dirige la carga de vuelta a la sala de espera. El personal médico, los agentes del FBI, los oficiales e incluso los pacientes se reúnen alrededor de las ventanas, observando un espectáculo que Anita solo consideraría posible en un sueño inducido por la fiebre. Un cielo azul marino brilla en el exterior, como si la noche acabara de cambiar a una tarde de mediados de agosto, los faros de los vehículos del estacionamiento parpadean intermitentemente mientras sus radios emiten la misma estática que Anita escuchó antes. Más allá del estacionamiento, de su desprevenido pueblo y de kilómetros de desierto vacío, Anita ve brillar la montaña Chispa desde su centro, como si dos altas puertas se hubieran abierto desde el corazón de la montaña, una franja paralela y gruesa parte en dos la roca, dejando entrar una luz brillante teñida en tonos fluorescentes de magenta, mora y lila brillante.

Los jadeos y las oraciones en voz baja se arremolinan a su alrededor, mezclándose con su propia conmoción y la bilis que se acumula en el fondo de la garganta.

DOS

Bajo el parpadeante letrero neón del Gas-N-Go, sus temblorosas manos consiguen quitar la radio del salpicadero de su patrulla, apagándolo finalmente. Decidió arrancarla en camino a la gasolinera, cuando no sintonizó ninguna frecuencia y no se apagó, ni siquiera cuando bajó el volumen. La estática de los coches estacionados alrededor de la gasolinera permanece, pero al menos el interior de su patrulla le da la ilusión de tranquilidad y privacidad. Anita levanta la mirada hacia lo que tiene delante: La montaña Chispa abierta por la mitad, iluminando el cielo con colores de otro mundo. Su estómago se revuelve sobre sí mismo, los pensamientos de que todo sea un mal sueño aplastados desde su origen por la imagen cristalina de la realidad que se derrite, ¿de verdad va a hacer esto? ¿De verdad va a cargar su patrulla con gasolina y conducir hasta Chispa con una pequeña caravana de patrullas de la comisaría detrás de ella mientras las fuerzas del FBI peinan el perímetro en busca de Gaby?

Anita aprieta con fuerza la unidad de radio, sus pensamientos vuelven a la gente que dejó en el hospital y a los que se quedaron encerrados en sus casas, piensa en todos esos rostros familiares afectados por la incertidumbre; alguien tiene que ir a averiguar si las luces de la montaña son una amenaza para Fabulous. Cuando el sheriff pidió voluntarios en su frenética reunión en la comisaría, lo más lógico fue ofrecerse, pero ahora, las dudas se agolpan en su interior cuando piensa en su familia, ¿y si no vuelve? Imagina a Mami y a Abue esperando su regreso y sus ojos se llenan de lágrimas.

Otro parpadeo del letrero de neón sobre ella ilumina la foto de su padre, todavía asegurada bajo la solapa del espejo de su parasol, Papi le sonríe con su inteligente sonrisa. Anita respira profundamente.

Con renovada energía, Anita deja la unidad de radio a un lado y sale de su patrulla. Mientras espera a que se llene el tanque, el tintineo de unos zapatos de vestir acercándose llama su atención.

—¿Han tenido suerte? —pregunta sin mirar a Caio.

Un fuerte suspiro anticipa su respuesta.

—No. Tampoco encontramos ninguna frecuencia en nuestras radios.

A Anita se le acelera el pulso y la tensión se apodera de sus sienes. Esperaba que las de su pueblo fueran las únicas radios estropeadas, pero ni siquiera las unidades del FBI funcionan, para lo único que sirve cualquier radio disponible es para emitir incesante estática. Con todas las líneas telefónicas caídas, también, Fabulous está ahora completamente aislado del resto del mundo. Pero ella no puede concentrarse en eso ahora.

—Entonces nos comunicamos con las pistolas de bengalas. —La bomba de gasolina hace clic, anunciando que su tanque está lleno—. La estación le dio una a cada uno de tus chicos, ¿verdad?

—Lo hizo. —Caio saca la boquilla de la gasolina de su patrulla para colocarla de nuevo en la bomba.

—Bien. —Anita se estrecha las manos—. Entonces, las pistolas de bengalas deben usarse solo en caso de emergencia, ¿le dirías a la caravana que las use solo si se encuentran con problemas? —Un suspiro ansioso la abandona—. También creo que no necesitamos a todos estos oficiales para ir a la montaña. El sheriff tiene las manos llenas con el pueblo ahora mismo, algunos de mis chicos deberían volver y ayudar a dirigir a los civiles a refugiarse en la iglesia y el gimnasio de la preparatoria.

—¿Cuánta gente quieres llevar?

—¿Solo una unidad? Podrían conducir hasta el borde de la ciudad y servir de apoyo. Solo tienen que alcanzarnos si disparamos nuestras bengalas. —Anita respira, recuperándose de las palabras que salieron disparadas de su boca—. ¿Qué opinas?

—Creo que tú deberías decirles. —Una pequeña sonrisa se dibuja en sus labios gruesos—. Parece que sabes mucho mejor lo que haces. Mucho mejor que yo, seguro.

—¿Qué? —Anita frunce el ceño, medio impresionada de que aún consiga sonreír en una situación como ésta, medio confundida por su respuesta—. Pero tú eres el agente principal. El resto de los oficiales te escucharán.

—Son tu gente. —Se ríe—. Además, mi jurisdicción y mi credibilidad murieron cuando eso ocurrió. —Señala la montaña resplandeciente con otra risa.

La confusión de Anita se convierte en molestia.

—¿Cómo puedes reírte ahora mismo?

—Si no lo hago, podría perder la cabeza. —Caio se encoge de hombros—. ¿Cómo puedo pedirle a mi gente que salga al desierto a buscar a una niña con superpoderes? Se apuntaron para ayudarme a encontrar a unos niños indefensos y ahora... —Levanta los ojos hacia la montaña Chispa, su característica sonrisa sigue en su rostro, pero ha desaparecido de sus ojos—. ¿Les estoy pidiendo que arriesguen sus vidas?

Anita piensa en Kelly y en el resto del personal del hospital que resultó herido tras su encuentro con Gaby, ¿quién sabe lo que podría pasarle a las fuerzas del FBI si la encontraran?

—Puede que sí. —Una punzada recorre el pecho de Anita cuando las palabras de Caio caen sobre sus hombros—. Pero podríamos estar pidiéndoles lo mismo si no tomamos ningún tipo de medida.

Un amargo silencio los envuelve, Caio se acerca un paso y le ofrece su mano. Anita la toma, permitiéndose un momento para disfrutar de la textura seca de su piel.

Caio se inclina para apoyar su frente en la de ella.

—Tienes un mejor conocimiento del terreno y una cabeza mucho más firme sobre tus hombros en este momento. Es mi turno de ser tu apoyo.

Con su mano apoyada en su espalda baja, él la atrae hacia un beso. Un calor eléctrico la atraviesa al contacto, sus nervios se derriten en sus brazos, los latidos de su corazón se calman. Cuando se separan, el nerviosismo que había en su interior desaparece.

Anita le aprieta la mano antes de soltarla, la claridad abre una vista panorámica del paisaje antinatural que tiene delante. La luz ondea en el cielo nocturno desde el núcleo de la montaña, iluminando el desierto en tonos psicodélicos de lila y magenta. Una caravana de diez vehículos bordea el Gas-N-Go. Más allá de la línea de coches, hay kilómetros de amenazas indefinidas.

Alguien tiene que hacerlo. Alguien tiene que subir a la montaña y definir esas amenazas.

Si no es por Gaby y los otros niños, entonces por la gente de Fabulous. La decisión le brota de la boca del estómago.

Anita se dirige a la parte delantera de la caravana, con la grava crujiendo bajo sus botas. Se toma un momento para observar a la multitud: veinte agentes especiales y oficiales del sheriff merodean alrededor de sus coches esperando instrucciones. Los rostros familiares de sus compañeros se levantan para mirarla, como todos los días que entra en la comisaría.

—Escuchen todos. —Su voz retumba desde su puesto, llamando la atención de agentes y oficiales por igual—. Las unidades del FBI peinarán la zona en busca de nuestra víctima. —Traga saliva, ahogando el instinto de encogerse bajo las miradas de tanta gente—. El agente Batista y yo nos dirigiremos a la montaña, solos. El resto deberá quedarse y ayudar al pueblo: el sheriff necesita ayuda para que los civiles se refugien en los albergues, y al hospital le vendrían bien las manos extra. —Anita escudriña a la multitud en busca de algún tipo de oposición y relaja los hombros cuando no encuentra ninguna—. No disponemos de ninguna radio que funcione, así que tendremos que ser creativos. Necesitaré dos personas que nos sirvan de apoyo, se quedarán en las afueras del pueblo y nos ayudarán en caso de que nos encontremos con problemas. Tengan en cuenta que eso significaría conducir a la montaña. No sabemos a qué nos enfrentamos, así que no puedo garantizar nuestra seguridad. —Se le hace un nudo en la garganta—. Aceptaré cualquier voluntario.

Por un momento, la multitud permanece inmóvil, solo dos manos se levantan en el aire de forma secuencial, la primera pertenece al agente especial Jameson, un compañero de confianza de Caio. Anita debe hacer todo lo posible para ocultar su sorpresa ante el segundo voluntario, el rostro joven y el cabello pelirrojo de Monty Carey sobresalen del fondo de la multitud. Esta vez, no encuentra ninguna burla o desprecio en sus ojos, sino una curiosa necesidad de instrucciones.

Anita asiente.

—Hagamos esto, entonces.

TRES

Una enfermiza luz púrpura ilumina el trayecto mientras los caminos de grava crujen bajo sus neumáticos, haciendo una melodía con los latidos de su corazón.

El desierto brilla más bajo las duras luces de las montañas, la arena se cristaliza bajo el manto púrpura que cubre lo que habría sido un pálido cielo nocturno. Anita se estremece al volante mientras la temperatura desciende, conmocionando su sistema al sentirse atrapada entre una noche de diciembre y una tarde de agosto. Una energía temblorosa la une a Caio mientras conducen por las carreteras subdesarrolladas que conectan con la montaña, el silencio salpica las dos horas de viaje. Un silencio impregnado de algo pegajoso y desagradable que Anita no puede nombrar.

Un suspiro seco de su copiloto rompe este último trayecto en silencio.

Anita mira a su compañero durante un instante antes

de volver a centrarse en la irregular carretera que tienen por delante.

—¿Qué ocurre? —La pregunta sale de su boca antes de darse cuenta de la inanidad de sus palabras, una variedad de vergüenza se instala en su estómago al contemplar el brillante monolito que resplandece en medio del paisaje, ¿qué otra cosa podría estar mal—? Lo siento, pregunta tonta. —Finalmente murmura.

—¿Qué? —Caio sigue su mirada y sacude la cabeza—. Oh no, no es eso... Bueno, sí, pero también estaba pensando dónde estarían las cosas si hubiera... —aclara su garganta— hecho ciertas cosas antes.

La cara de Anita se tuerce en una mueca, ¿se siente culpable?

—¿Qué quieres decir?

Un segundo pensativo late entre ellos.

—Si hubiera acudido antes a mis superiores con el video de Richie, ¿habríamos detenido a quien está detrás de esto? ¿Habríamos evitado que se llevaran a Gaby?

—¿Y posteriormente impedir que vinieran aquí? —Anita se gira para mirarle un momento.

—Supongo. —Caio levanta un hombro.

Una fuerza cálida se agarra a su pecho.

—No puedes pensar en serio que esa... cosa de la montaña es culpa tuya. —Ahora es su turno de reírse: La línea de pensamiento de Caio y la gigantesca franja brillante que tienen delante se mezclan de manera tan absurda, que ella no puede contenerse.

—Bueno, me alegro de que al menos haya conseguido hacerte reír en un momento así.

—No, lo siento. No me estoy riendo de ti. —Una sonrisa amarga se pasea por su voz—. Escucha, nadie podría haber predicho que esto pasaría. Incluso si hubieras entregado esto a tus superiores, ¿cómo habrían sabido que esto pasaría? La realidad se tuerce de tal manera que no estoy del todo segura de no estar soñando. —Anita toma aire, dejando que sus comentarios se asienten—. ¿Cómo puedes pensar que esto es culpa tuya?

Caio se ríe, un sonido cálido y a la vez triste que no es más que un eco de su risa burlona.

—Supongo que no tiene mucho sentido cuando lo pones así.

—Sí. No te agüites tanto. Te necesito al máximo si queremos resolver esto. —Anita suelta una mano del volante y busca la mano de Caio. El dulce tacto de sus dedos entrelazados con los de ella le produce un dolor en el pecho; la idea de no volver a tocar esa mano la invade—. Vamos a resolver esto.

Caio acaricia los bordes de su mano con el pulgar, el más suave de los susurros sale de sus labios.

—¿Eres realista o simplemente optimista?

—Las dos cosas. —La mentira tiembla en su pecho mientras su mirada posa sobre el paisaje lila—. Hay que ser las dos cosas, ¿no?

La sonrisa en su rostro se borra de un segundo a otro.

—Espera. —La alarma se apodera de su susurro—. Mira, adelante.

Por instinto, sus dos manos vuelven a tomar el volante y frena el coche hasta ir a vuelta de rueda.

Las luces de la montaña bañan la arena, tiñéndola de

matices rosados que pinchan sus ojos. Unos metros más adelante, Anita divisa cinco camionetas Chevy negras, todas con los cristales polarizados y sin matrícula. Al acercarse, tres hombres descienden de la camioneta negra más cercana. El primero lleva un atuendo militar fino y oficial. Los otros dos llevan trajes negros poco llamativos.

Las alarmas se encienden en la mente de Anita mientras evalúa a los hombres de negro.

—¿Podrán ser ellos? —Susurra—. ¿Los tiradores de la I-10?

—Bueno, si lo son, han traído a algunos amigos —le susurra Caio mientras ambos presencian como más hombres con trajes oscuros bajan de sus camionetas, escudriñando su presencia allí.

El militar levanta una mano en el aire, pidiéndoles que se detengan, el gesto está cargado de un absurdo nivel de autoridad que Anita no creía que alguien pudiera tener en esas circunstancias.

El corazón le retumba en las sienes mientras el militar se acerca a su patrulla, ahora estacionada. ¿Son estas personas las responsables de llevarse a Richie y Gaby de sus salas de hospital? ¿O forman parte de una nueva amenaza no revelada?

—¿Y ahora qué? —Por mucho que sus impulsos le griten que salga del vehículo, disparando a discreción, y exija respuestas, sus instintos le advierten que proceda con cautela.

—Sigamos el juego por ahora. —La voz de Caio traiciona la misma desconfianza calculadora que ella siente —. Algo me dice que tienen más información que nosotros en este momento, y más hombres —dice, justo cuando ven que un Jeep militar se dirige hacia ellos.

Su corazón da un salto al oír los golpes en la ventanilla de su patrulla, Anita se gira para ver al militar con los nudillos aún rondando a centímetros de su ventanilla a prueba de balas. Bajo la luz púrpura de la montaña, el rostro del hombre parece tan suave, sin una pizca de sudor ni una sola señal de textura sobre su cara.

El hombre muestra una identificación de policía militar frente a su ventanilla.

—Salga del vehículo, señora. —Sus fríos ojos azules se estrechan mientras los mide a ella y a su copiloto, un gesto que advierte contra cualquier tipo de resistencia—. Su amigo también.

Anita se volvió para mirar a Caio, solo para darse cuenta de que los hombres de negro habían rodeado el vehículo por su lado. Tenía razón: su mejor opción en este momento sería seguirles la corriente.

Las puertas de la patrulla se cierran de golpe tras ellos. A Anita se le ponen los brazos de gallina ante el aire sorprendentemente frío que sopla desde la montaña.

—Oficial, no queremos problemas. —Comienza Caio mientras mira a los hombres que tiene detrás y luego al militar—. Soy el agente especial Batista y ella es la oficial Padmore. Nosotros...

—¿Lleva alguna identificación, muchacho? —El tono cortante del militar detiene las palabras de Caio.

—Sí la tengo. —Caio mira fijamente al hombre—. Si me deja meter la mano en la chaqueta, puedo mostrársela.

—De acuerdo, y de paso ponga su arma sobre el cofre

del vehículo. —El hombre le lanza una mirada despectiva que luego redirige a Anita—. Lo mismo para usted, señora.

Anita desabrocha su funda, su mirada recorre el paisaje, dándose cuenta de lo solos que están aquí, sin ninguna forma de comunicarse con nadie para pedir ayuda, ¿a qué distancia están Monty y Jameson? ¿Podrían ayudar si ella y Caio son arrestados por los militares? Coloca su revólver y su placa sobre el capó, junto a la pistola Smith & Wesson y la placa del FBI de Caio.

El militar recoge su placa.

—Comisaría de Fabulous, ¿eh? —Chasquea la lengua—. Nunca he oído hablar de ella.

Baja la placa con la facilidad de alguien que aplasta una mosca, lo que hace que Anita apriete la mandíbula con fuerza.

El militar coge la identificación de Caio, se toma un momento para analizarla y luego hace una señal a los hombres de negro para que rodeen su vehículo.

—Entonces, agente, ¿está usted consciente de que está en un lugar de pruebas militares restringido?

—¿Qué pruebas hacen? —La pregunta de Caio queda enmarcada por los hombres de negro que rodean la patrulla.

—Yo soy el que hace las preguntas, agente.

Uno de los hombres de negro abre el maletero mientras el otro revisa el asiento trasero.

—¡Oye! —Las piernas de Anita se mueven en su dirección, pero se obliga a quedarse quieta—. No pueden hacer eso.

—En realidad, sí pueden —dice el militar—. Este lugar de pruebas está fuera de territorio civil. Están invadiendo el terreno y tenemos que registrar su vehículo.

Anita observa con resentimiento cómo los hombres revisan las cosas de su maletero y del asiento trasero, ve las insignias que los hombres de negro llevan pegadas a sus trajes, pero bajo las luces púrpuras es difícil distinguir su forma. Los hombres sacan su escopeta de emergencia del asiento trasero y la colocan en el cofre de su coche junto con su linterna, señales de tráfico y la pistola de bengalas.

—¿Están los dos solos aquí, agente? —pregunta el hombre mientras coge la pistola de bengalas para estudiarla.

Caio intercambia una mirada con Anita, haciéndola consciente de la gravedad de la situación, esta gente opera en un nivel diferente al suyo, lo suficientemente diferente como para referirse a él como un civil. Esta gente es una amenaza.

—Sí —miente—, solo nosotros.

—Ya veo. —El militar vuelve a bajar la pistola de bengalas—. ¿Y cuál sería el propósito de su visita a nuestro centro de pruebas?

Anita se queda con la boca abierta, ¿este hombre habla en serio? ¿Qué clase de pregunta es esa? La montaña Chispa acaba de abrir mágicamente un hoyo de luz y este hombre pregunta en serio cuál es su propósito.

—¿No es obvio? —Las palabras de Anita se escapan de su boca antes de que pueda detenerlas—. Esas luces que vienen de la montaña serían el motivo de nuestra visita.

El hombre se vuelve hacia ella como si acabara de recordar que está allí.

—Así que quería ver las bonitas luces, ¿eh? —Esboza una sonrisa burlona llena de dientes blancos y perfectos que Anita desearía poder tumbar—. No puedo decir que la culpe; esto es como la propia aurora boreal de Texas.

Una fría rabia sale de su interior. Este hombre no les dirá nada, su único trabajo en este momento es ser amenazante y ahuyentarlos.

—Solo necesitábamos saber si las luces perjudicarán al pueblo —vuelve a mentir Caio, intentando suavizar la situación.

—¿Pueblo? ¿Cuál pueblo?

Anita ladea la cabeza y mira fijamente al militar.

—Fabulous, ya sabe, el lugar del que nunca ha oído hablar. Me parece raro que no haya oído hablar de nosotros, teniendo en cuenta que estamos a pocos kilómetros al sur.

—Tiene usted algo de agallas, oficial. Lo aprecio en usted. —El hombre se ríe—. ¿Sabe lo que me parece extraño? Un agente del FBI y una policía de pueblo trabajando juntos. —Se vuelve hacia Caio—. Creo que no está siendo del todo sincero conmigo, agente.

Un pensamiento brota de la nuca de Anita y de repente se alegra de que todas las pruebas del caso se hayan quedado en el coche de Caio.

Un frío silencio late entre ellos. Anita intercambia una

mirada con Caio, deseando poder hablar en privado para decidir qué hacer, deseando no haber ido solos a la montaña.

—De acuerdo. —El militar coloca la pistola de bengalas sobre el cofre—. Hemos recibido un informe, más bien un chisme, sobre una búsqueda federal de unos niños desaparecidos. Supongo que son ustedes.

Caio frunce el ceño ante eso.

—¿Cómo lo sabe?

—No puedo responder a eso, pero puedo darles un consejo. —El hombre chasquea la lengua—. Deje el caso en paz, agente. El Ejército no tolerará una investigación del FBI.

—¿Qué? —La indignación en Caio se muestra a través de sus hombros tensos—. ¿Quiénes son ustedes? ¿Realmente son del Ejército? ¿Para quién trabajan?

—Eso no importa. —El militar hace una señal a sus hombres de negro—. Lo que importa es que se está exponiendo a sí mismo, a su oficial y a ese pueblo suyo a un riesgo innecesario.

Las náuseas se agolpan en su estómago cuando los hombres de negro flanquean a Caio como si su mera indignación supusiera una amenaza para ellos.

—¿Me entiende?

Caio levanta los ojos para encontrarse con los de Anita. Hay una pregunta tácita en su rostro, como si le pidiera que le indicara qué hacer, ¿siguen presionando al militar? ¿O simplemente reconocen su fracaso y se van?

Un estruendo en la distancia les da la respuesta.

Un grito frío surge de la boca del estómago de Anita, se queda atascado en el fondo de su garganta. Una luz más brillante estalla desde la abertura de la montaña, seguida de una ensordecedora ráfaga de viento. La dura luz blanca se expande desde la montaña, abriéndose paso para consumir todo lo que la rodea.

Anita se vuelve hacia Caio, en una fracción de segundo, sus ojos se encuentran de nuevo, y ella tan solo asiente una vez.

Ambos echan mano de sus armas.

Caio da un codazo al primer hombre de negro que se acerca para agarrarlo.

—¡Ahora, Anita! Sube al coche.

Un disparo sale del revólver de Anita, acierta al segundo hombre de negro y lo derriba.

El militar saca una pistola propia y le apunta justo cuando ella alcanza la puerta de su coche. Anita la abre y se protege tras ella.

Dos disparos seguidos cruzan el aire, seguidos por el ruido sordo de un cuerpo.

—¡¿Caio?! —Anita grita desde su escondite, la idea de encontrarlo en el suelo al salir la estrangula por dentro.

—Estoy bien. —La puerta del copiloto se abre y Caio salta dentro del vehículo, agarrándose su hombro—. Pero voy a necesitar que conduzcas.

Anita salta al asiento del conductor.

—¡Estás sangrando!

—Solo me ha rozado. —Hace una mueca de dolor antes de mirar por encima del hombro al resto de los hombres de negro—. Tenemos que irnos ya.

—Está bien. —Anita tantea con las llaves.

El rugido de su motor precede al chirrido de sus neumáticos sobre la carretera de grava. El estruendo de la montaña se hace más fuerte a medida que se dirigen hacia ella, cada vez más lejos de Fabulous.

A Anita se le corta la respiración mientras pisa el acelerador, ¿de verdad va a hacer esto? ¿Está realmente a punto de conducirlos al interior de esa luz blanca en expansión?

Solo queda una franja de desierto entre ellos y la luz brillante, las manos de Anita tiemblan al volante cuando se da cuenta de que la luz ha consumido todo lo que hay más allá de esa franja de arena. La carretera de grava, las colinas adyacentes y la montaña Chispa, todo ha desaparecido.

—Oye —dice Caio por encima del fuerte estruendo—. Vamos a resolver esto. Juntos, ¿recuerdas?

Anita deja escapar una carcajada aunque las lágrimas le punzan los ojos.

—Así es.

Antes de que la luz blanca y fría de la montaña se los trague, su mente le permite un último pensamiento: una visita al último beso que compartió con el agente especial Caio Batista. Se pierde en el estremecimiento de su corazón, el calor de sus cuerpos chocando el uno con el otro, y el dulce sabor de su aliento mezclándose con el de ella.

Por un instante, solo hay oscuridad detrás de sus párpados, después de un parpadeo, un techo blanco como palomitas recién hechas se extiende sobre ella. Como si buscara formas en un cielo nublado, busca patrones entre los paneles de yeso. Encuentra un delfín saltando sobre una mancha blanca. Hay un solitario diente de león en algún lugar cerca de las luminarias. Una risa burbujea en su interior cuando ve su forma favorita: un par de ojos asimétricos que le sonríen desde detrás de un grueso bigote rizado. Es el techo de su casa en El Paso.

La música de una trompeta difusa a la deriva entra, seguida de las notas graves de un contrabajo.

No te preocupes por mí, ni creas que voy a llorar.

Si es que ya te perdí, ¿qué vamos a hacer?

La vida es así.

Anita se incorpora inhalando el olor de la cena: pollo, tortillas fritas y tomates verdes tostados con chile serrano. Mami está preparando tacos dorados de pollo y salsa verde. Se lleva una pequeña mano a la cara para masajear el sueño de sus ojos. Un perezoso resplandor naranja al final de la tarde baña la habitación y la balada barítono de Balde González sale del tocadiscos del comedor, amortiguando las campanadas de las bicicletas de los niños afuera y los murmullos de la gente que camina por la plaza. Este día tiene todas las características de una tarde de domingo.

Una caja de cartón negra la espera sobre la mesa de centro, el suave arrastre de sus zapatos de charol la guía hasta ella. Un revoloteo de emoción se despierta en su estómago cuando se da cuenta de lo que contiene. Unas grandes letras amarillas anuncian que se trata del *Hombres de Negro: El rompecabezas de 1000 piezas de la investigación oficial del FBI*. Con los cuencos de cerámica y el pegamento de Papi esperándola en una bandeja de plata, tiene todo lo que necesita para resolverlo por sí misma. Anita se arrodilla frente a la mesa y coge la bandeja de plata de Papi, unos brillantes ojos castaños le devuelven la mirada desde la bandeja cuando vislumbra su reflejo: Tiene el pelo recogido lejos de la cara en una media coleta con gruesos rizos que le caen en cascada por los hombros. Se pone a trabajar.

No me tengas compasión, no culpo tu corazón.

Si estás cansada de amar, de tanto penar, tu ingrata traición.

Anita separa las piezas del rompecabezas del FBI en los cuencos de cerámica, coloca grupos de niños de hospital en uno, luego estudios y ensayos médicos que prometen curarlos en otro, y un grupo imposible de piezas del rompecabezas en el último: una mutación genética natural que se despierta dentro de los niños, acompañada de una división militar que busca estudiarla y explotarla.

Sobre la gruesa superficie de la mesa de centro, comienza a armar instalaciones y hospitales subterráneos con personal militar y científico sobrecargado de trabajo. Las piezas de su trabajo tejen una teoría: otro mundo existe en un bolsillo, fuera de los reinos de nuestras posibilidades; los hitos naturales —cuevas, ríos, estanques y montañas— unen nuestros mundos. Su influencia afecta las profundidades de nuestro código genético. Con el impulso científico en la dirección correcta, ¿quién sabe lo que podrían lograr los afectados por esta mutación?

Tú te burlaste de mí cuando hablas de amor, pero algún día sabrás lo que es el dolor en el corazón.

Más piezas del rompecabezas encajan para revelar los frutos de meses de experimentos y hordas de niños robados de sus salas de hospital. El gen muta y genera habilidades más allá de nuestra comprensión: telequinesis, psicometría, retrocognición y muchas otras surgen de una pequeña muestra de jóvenes sujetos de prueba, ¿pueden estos sujetos de prueba desempeñar un papel más importante en la guerra fría que sitia al país?

La parte final del rompecabezas sigue un camino condenatorio, los niños con batas color menta son clasificados como los más fuertes de sus grupos y llevados a un nuevo lugar de pruebas en la base de la montaña Chispa.

Una pieza inesperada del rompecabezas salta a la vista justo cuando está terminando, ¿se le ha escapado al separar las piezas antes? Anita coge una pieza blanca de bordes irregulares; su forma y su textura granulada le dan la impresión de pertenecer a un rompecabezas diferente. La pieza se ilumina entre sus dedos revelando una advertencia imprevista: la montaña Chispa refuerza las habilidades de los sujetos, pero llama de regreso a los niños y a sus habilidades. Les obliga a alcanzar las profundidades de sus códigos genéticos y a abrir un portal.

Anita coloca la última pieza irregular en su lugar y completa el rompecabezas.

No te preocupes por mí, ni creas que voy a llorar.
Si es que ya te perdí, ¿qué vamos a hacer?
La vida es así.

El tiempo a su alrededor se acelera, la luz naranja que entra por las ventanas pasa a la noche y después a la mañana. Los días pasan como décadas de páginas rotas de calendarios, y las infantiles manos que arman el rompecabezas maduran hasta convertirse en las que se entrenan en la academia de Policía para sostener un revólver.

El rompecabezas completado brilla desde su lugar en la mesa de centro, en él, Anita ve cómo las brillantes luces de la montaña Chispa engullen el centro de pruebas. Siguen adelante, devorando kilómetros de desierto vacío, su duro brillo alcanza los límites de Fabulous, Texas, dejando una solitaria gasolinera y una comisaría como única evidencia de la existencia del pueblo.

Pronto, esa misma luz áspera se levanta del rompecabezas sobre la mesa, devorando los rincones del hogar que vio crecer el amor de sus padres y sus primeros años de vida.

Antes de que la luz blanca se la trague también a ella, Anita mira fijamente el rompecabezas completado que tiene delante, no ve imágenes de acontecimientos pasados, sino de lo que vendrá. El fracaso del proyecto genético hará nacer un imperio con un único e inmutable símbolo como bandera, es el símbolo que se elevará por encima de edificios, ciudades y países. Es el símbolo impreso en los formularios que Gaby y los otros sujetos de prueba tuvieron que firmar, es el mismo que los hombres de negro llevaban abrochados a sus bolsillos de pecho: un trébol de cuatro hojas con una hélice de ADN en lugar de un tallo, pintado en un profundo carmesí tan rojo como la sangre que brota de su nariz.

Continuará en Reconstruidos: La Iniciativa Clover

AGRADECIMIENTOS

Fabulous nació de viajes por carretera.

Desde que mi esposo y yo nos mudamos al área metropolitana de Dallas-Fort Worth, volvemos a casa dos veces al año. En nuestros largos viajes por Texas, descubrimos muchos lugares interesantes y a veces inquietantes. Mi favorito siempre fue el de una gasolinera abandonada al borde de la I-10 y 90. Me gustaba tanto que pensé que merecía su propia historia.

Escribir este libro fue como hacer uno de esos viajes. Sabía cuál sería el destino, pero no sabía cómo llegar. Tampoco me di cuenta de lo difícil que sería el camino. Por eso, quiero reconocer a todas las personas que me acompañaron en este viaje y me ayudaron en su sinuoso camino.

El mayor elogio es para Manuel, mi esposo y conductor de todas nuestras aventuras en la carretera. Fabulous nunca habría existido si no me hubieras dejado hacer de DJ y portadora de snacks mientras divagábamos sobre mundos ficticios en nuestros viajes.

Estoy muy agradecida por mi cuarteto personal de Kellys, también conocidas como las mejores amigas que una escritora puede pedir. Krystal, gracias no solo por tus sabios consejos sobre las historias de amor y los entresijos de su escritura, sino también por tu increíble trabajo como editora. Jennifer, gracias por las muchas videollamadas que pasamos intercambiando ideas sobre los detalles de esta novela, y por ayudarme a convertir este libro en su mejor borrador. Casey y Mary, siempre prestaron un oído comprensivo cada vez que esta historia se alargaba de forma frustrante, y eso me ayudó más de lo que pueden imaginar.

También debo un millón de gracias a mi familia, en particular a mis padres y a mi hermano Rogelio, por su inquebrantable y genuino interés en mis esfuerzos de escritura. Cuando el camino se volvió duro, su amor y apoyo hicieron que todo valiera la pena.

Estoy más que agradecida con Monique Mensah y con su comunidad de Savvy Self-Publishers. La mezcla de conocimientos y estrictos consejos que me diste como coach fue exactamente lo que necesitaba para escribir esta historia de una vez por todas.

Por último, quiero mandar un gran saludo a las personas que produjeron esta novela. Gracias a Paradigm Shift por la grandiosa y vibrante portada, a Cover Villain por el increíble diseño interior, y a Alejo De la Rosa por, una vez más, tomar mi trabajo y traducirlo magistralmente a las delicadas complejidades de nuestra lengua materna.

ACERCA DEL AUTOR

Nacida y criada entre las ciudades fronterizas de El Paso y Ciudad Juárez, Monárrez creció en una cultura bilingüe y diversa. Apasionada por la palabra escrita, se propuso seguir una carrera en la escritura de ficción y se graduó de Southern New Hampshire University con una licenciatura en Escritura Creativa e Inglés.

Monárrez se considera una escritora mexicano-americana. Sus raíces y su formación en escritura de ficción en ambos países han dado a su voz un sabor único. Su objetivo es escribir historias situadas en entornos estadounidenses que se hacen eco de su herencia hispana a través de temas diversos, descripciones únicas y el uso del realismo mágico.

Monárrez vive actualmente en Dallas, Texas, con su marido. Cuando no está escribiendo y estresándose por su próximo manuscrito, se la puede encontrar horneando pan de masa fermentada, entusiasmándose con historias de superhéroes o escuchando podcasts ávidamente.